Berbicara 300 kalimat mandarin

300句
說華語
印尼語版

Pengarang 編著：楊琇惠 Yang Xiu Hui
Penerjermah 翻譯：Caroline 李良珊 Li Liang Shan

五南圖書出版公司 印行

序

　　在耕耘華語教材十二年之後的今天，終於有機會跨出英文版本，開始出版越語、泰語及印尼語三種新版本，以服務不同語系的學習者。此刻的心情，真是雀躍而歡欣，感覺努力終於有了些成果。

　　這次之所以能同時出版三個東南亞語系的版本，除了要感謝夏淑賢主任（泰語）、李良珊老師（印尼語）及陳瑞祥雲老師（越南語）的翻譯外，最主要的，還是要感謝五南圖書出版社！五南帶著社企的精神，一心想要回饋社會，想要為臺灣做點事，所以才能促成此次的出版。五南的楊榮川董事長因為心疼許多嫁到臺灣的新住民朋友，因為對臺灣語言、文化的不熟悉，導致適應困難，甚至自我封閉。有鑑於此，便思考當如何才能幫助來到寶島和我們一起生活，一起養兒育女的新住民，讓他們能早日融入這個地方，安心地在這裏生活，自在地與臺灣人溝通，甚至教導下一代關於中華文化的種種，思索再三，還是覺得必需從語言文化下手，是以不計成本地開闢了這個書系。

　　回想半年前，當五南的黃惠娟副總編跟筆者傳達這個消息時，內心實在是既興奮又激動，開心之餘，感覺有股暖流在心裏盪漾。是以當下，筆者便和副總編一同挑選了五本適合新住民的華語書籍，當中除了有基礎會話，中級會話的教學外，還有些著名的中國寓言，及實用有趣的成語專書，可以說從最基礎到高級都含括了。希望新住民朋友能夠透過這個書系，來增進華語聽、說、讀、寫的能力，讓自己能順利地與中華文化接軌。

　　這是個充滿愛與關懷的書系，希望新住民朋友能感受到五南的用心，以及臺灣人的熱情。在研習這套書後，衷心期盼新住民朋友能和我們一起愛上這個寶島，一同在這個島上築夢，並創造屬於自己的未來。

楊琇惠

民國一〇五年十一月十九日

於林口臺北新境

Setelah 20 tahun mendalami materi pengajaran mandarin, saat ini akhirnya mendapatkan kesempatan melangkah untuk menerbitkan buku versi bahasa inggris, mulai menerbitkan tiga macam versi yang baru dalam bahasa Vietnam, bahasa Thailand dan bahasa Indonesia, untuk melayani keperluan pembelajar dalam bahasa lain. Suasana hati sekarang ini, sangat bersukacita, merasa akhirnya semua kerja keras telah membuahkan hasil.

Diwaktu yang bersamaan dapat menerbitkan tiga macam seri bahasa asia tenggara, selain harus berterima kasih untuk penerjemahan kepala bagian Xia Shu Xian (bahasa Thailand), guru Li Liang shan (bahasa Indonesia) dan juga guru Chen Rui Xiang Yun (bahasa Vietnam), utamanya, tetap harus berterima kasih kepada penerbitan buku Wunan ! Wunan membawa semangat penantian baru, sejak dari dulu segenap hati ingin memberikan sesuatu kepada masyarakat, ingin melakukan sesuatu untuk Taiwan, maka dari itu baru dapat memenuhi penerbitan kali ini. Kepala direktur Wunan Yang Rong Chuan karena sedih melihat banyak yang menikah ke Taiwan menjadi penduduk baru, karena tidak mengenali bahasa dan budaya Taiwan, mengakibatkan kesulitan untuk beradaptasi, sampai-sampai mengurung diri sendiri. Dikarenakan itu, mulai berpikir bagaimana dapat membantu yang datang kepulau berharga kami hidup bebas bersama dan membesarkan anak cucu bersama, agar mereka dapat segera membaur dan hidup tenang ditempat ini, dengan bebas berkomunikasi dengan orang Taiwan, sampai mengajarkan generasi berikutnya bermacam adat istiadat Tiongkok, setelah melakukan pikiran yang dalam, masih merasa harus dimulai dari bahasa, dengan tidak menghitung biaya memulai buku seri ini.

Berpikir setengah tahun yang lalu, saat wakil ketua editor Huang Hui Juan menyampaikan berita ini kepada penulis, dalam hati benar-benar gembira dan lebih dari senang, merasa seperti ada segetar perasaan hangat terbakar didalam hati. Dengan bergegas, penulis dan wakit ketua editor memilih lima buku mandarin yang cocok untuk penduduk baru, diantaranya selain ada percakapan dasar, materi percakapan menengah, masih ada beberapa cerita dongeng Tiongkok yang terkenal, menggunakan buku peribahasa yang menarik, dapat dikatakan dari paling dasar sampai lanjutan atas semua sudah termasuk. Berharap penduduk baru dapat melalui serian buku ini, dapat menambah kemampuan mendengar, bicara, membaca dan menulis mandarin, dapat dengan lancar berbaur dengan budaya Tiongkok.

Serian buku yang penuh dengan cinta dan perhatian ini, berharap teman penduduk baru dapat merasakan kerja keras Wunan, dan kepedulian orang Taiwan. Setelah memelajari set buku ini, dengan sepenuh hati berharap teman penduduk baru dapat dengan bersama kami mencintai pulau berharga ini, bersama dipulau ini mendirikan mimpi, menciptakan masa depan sendiri.

Yang Xiu Hui

105 Tahun Taiwan bulan 11 tanggal 15
Taipei baru, Linkou

　　遠渡重洋來到臺灣生活的新住民，無論是嫁娶或經商、工作等原因，在生活上都需要了解如何用中文聽、說、讀、寫，才能在食、衣、住、行上，一切溝通無礙。

　　有鑑於此，我們編撰了此本針對新住民不同國籍的生活華語入門書，來服務在臺灣生活、工作、學習的新住民，以及對此有興趣的華語系所學生。

本書特色：

1. 內容以主題分類，各篇章再依事件發生順序安排，再輔以小標題做段落區隔，讓全書井然有序，易讀、易懂，又好用。

2. 全書共計十大單元，包括：你好嗎、多少錢、自我介紹、現在幾點、今天星期幾、怎麼走、我生病了、寄信打電話、祝福語。

3. 全書收錄300句以上日常生活中極常用的實用會話，每句包括中文、漢語拼音、印尼文，圖文並茂，還有更多中文的「克漏字」練習，不僅在短期內增加你的中文字彙量，也絕對讓你能在日常生活中輕鬆說華語、學習無負擔。

4. 書末附加本書的總單字辭表，以及三篇單字表（名詞、動詞、形容詞）。單字表的功能類似字典，凡是初學者在日常生活中可能使用到的單字，都已被收錄，因此，讀者若只想找某個單字時，即可善用單字表。

Penduduk baru yang jauh melewati lautan datang ke Taiwan, dengan alas an penikahan maupun berbisnis ataupun bekerja, Di kehidupan perlu mengerti akan bagaimana menggunakan bahasa mandarin dari mendengar、berbicara、membaca、menulis, baru bisa di makanan、pakaian、tempat tinggal、berbisnis, berkomunikasi dengan bebas hambatan.

Dengan ini, kami memilih lebih mengarang buku pemula untuk penduduk baru yang berkebangsaan berbeda, untuk melayani kehidupan、bekerja、penduduk baru yang belajar, dan juga untuk murid yang tertarik terhadap bagian bahasa mandarin di Taiwan.

Keunikan buku ini:

1. Isinya dibagi dari topik, setiap artikel diatur menggunakan urutan kejadian yang terjadi, lalu ditambahkan topik kecil menjadi segmen penutupan, membuat keseluruhan buku berurutan, mudah dibaca、mudah dimengerti, dan juga praktis.

2. Seluruh buku terdiri dari 16 unit, termasuk:Apa kabar、Berapa harganya、Memperkenalkan diri sendiri、Sekarang jam berapa、Hari ini hari apa、Bagaimana jalannya、Saya sakit、Menelpon dan mengirim surat、Kata ucapan.

3. Seluruh buku termasuk lebih dari 300 kalimat percakapan berguna yang sering digunakan di kehidupan sehari-hari, setiap kalimat termasuk bahasa mandarin、hanyu pinyin、bahasa indonesia, gambar, masih ada latihan mandarin sistimatikal, tidak

hanya dalam waktu singkat dapat menambah kemampuan huruf mandarin anda, dan pasti akan membuat anda dengan sangat santai mulai membuka mulut berbicara mandarin、belajar tanpa beban.

4. Dibagian akhir buku,disertai daftar kosakata, dengan tiga rangkupan daftar kosakata (kata benda、kata kerja、kata sifat). Kegunaan daftar kosakatamenyerupai kamus, semua kata yang mungkin dapat digunakan di kehidupan sehari-hari, semua sudah tercatat rmasuk, karena itu, jika saat pembaca hanya ingin mencari kosakata, dapat dimudahkan dengan daftar kosakata.

CONTENTS

序

編輯前言

您 好 嗎 ？
Nín hǎo ma?
Apa kabar?

問 候
Wènhòu
Menyapa

早 安！您（你）好 嗎？
Zǎoān! Nín (nǐ) hǎo ma?
Selamat pagi! Apa kabar?

Selamat pagi	Selamat siang / sore	Selamat malam
早 啊 zǎo a	午安 wǔān	晚 安 wǎnān

您nín: anda, cara sopan memanggil seseorang.

我 很 好，謝謝 您。您 呢？
Wǒ hěn hǎo, Xièxie nín. Nín ne?
Saya baik, terima kasih. Bagaimana dengan anda?

senang	riang	gembira
高 興 gāoxìng	興 奮 xīngfèn	愉快 yúkuài

你 最近 好 嗎？
Nǐ zuìjìn hǎo ma?
Bagaimana kabarnya akhir-akhir ini?

我 最 近 不 太 好。
Wǒ zuìjìn bú tài hǎo.
Saya tidak terlalu baik akhir-akhir ini.

nyaman	senang	senang
舒服 shūfú	開心 kāixīn	快樂 kuàilè

我 最 近 很 生氣。
Wǒ zuìjìn hěn shēngqì.
Saya sangat marah akhir-akhir ini.

depresi	sedih	sakit hati
沮喪 jǔsàng	難 過 nánguò	傷 心 shāngxīn

你 的 假期 好 嗎？
Nǐ de jiàqí hǎo ma?
Bagaimana dengan liburan kamu ?

keluarga	pekerjaan	suami	Istri
家 人 jiārén	工 作 gōngzuò	先 生 xiānshēng	妻子 qīzi

非 常 好。
Fēicháng hǎo.
Sangat baik.

姓 名
Xìngmíng
Nama

請 問 你 貴 姓？
Qǐngwèn nǐ guìxìng?
Maaf, apakah nama marga kamu?

anda	dia	dia
您 nín	他 tā	她 tā

我 姓 王。
Wǒ xìng Wáng.
Marga saya Wang.

Chen	Lin	Li	Yang
陳 Chén	林 Lín	李 Lǐ	楊 Yáng

請 問 你 叫 什 麼 名 字？
Qǐngwèn nǐ jiào shénme míngzi?
Maaf, Siapa nama kamu ?

dia	dia	murid ini	tuan itu
他 tā	她 tā	這 位 學 生 zhè wèi xuéshēng	那 位 先 生 nà wèi xiānshēng

請　問　你的　名字是　什麼？
Qǐngwèn nǐ de míngzi shì shénme?
Maaf,nama kamu siapa?

punya dia	punya dia	punya murid ini	punya tuan itu
他 的 tā de	她 的 tā de	這 位 學 生 的 zhè wèi xuéshēng de	那 位 先 生 的 nà wèi xiānshēng de

我 的　名 字 是 馬克。
Wǒ de míngzi shì Mǎkè.
Nama saya Mark .

milik dia	milik dia	milik murid ini	milik laki-laki itu
他的 tā de	她的 tā de	這 位 學 生 的 zhè wèi xuéshēng de	那 位 先 生 的 nà wèi xiānshēng de

很 榮 幸 見 到 您，我 是 雅婷。
Hěn róngxìng jiàn dào nín, wǒ shì Yǎtíng.
Sangat senang berjumpa dengan anda.,Saya adalah Yǎtíng.

道別
● Dàobié
Perpisahan

我　真 的 該 走 了。
Wǒ zhēnde gāi zǒu le.
Saya benar-benar harus pergi.

很　高 興　認 識 你。
Hěn gāoxìng rènshì nǐ.
Sangat senang berkenalan dengan kamu.

 我 也 很 高 興 認 識 你。
Wǒ yě hěn gāoxìng rènshì nǐ.
Saya juga sangat senang berkenalan dengan kamu.

 再 見！
Zàijiàn!
Sampai jumpa!

dada	bicara lagi lain kali	sampai jumpa Senin depan	sampai jumpa sore ini
拜 拜 bāibāi	以 後 再 聊 yǐhòu zài liáo	星 期 一 見 xīngqíyī jiàn	下 午 見 xiàwǔ jiàn

常 用 禮貌 用語表
chángyòng lǐmào yòngyǔ biǎo
Kalimat sopan

tolong	permisi	terima kasih	maaf
請 qǐng	請 問 qǐngwèn	謝 謝 xièxie	對 不 起 duìbùqǐ

人 稱 表
● rénchēng biǎo
Daftar kataganti

saya	kamu	anda	dia	dia
我 wǒ	你 nǐ	您 nín	他 tā	她 tā

milik saya	milik kamu	milik anda	milik dia	milik dia
我 的 wǒ de	你 的 nǐ de	您 的 nín de	他 的 tā de	她 的 tā de

kami	kalian	Mereka
我 們 wǒmen	你 們 nǐmen	他 們 tāmen

milik kami	Milik kalian	Milik mereka
我 們 的 wǒmen de	你 們 的 nǐmen de	他 們 的 tāmen de

多少 錢?
Duōshǎo qián?
Berapa harganya?

價錢
Jiàqián
Harga

請 問 這個 多 少 錢?
Qǐngwèn zhège duōshǎo qián?
Maaf, <u>ini</u> berapa harganya?

itu	jaket	sepatu	celana
那個 nàge	夾克 jiákè	鞋子 xiézi	褲子 kùzi

gaun	kemeja	kaos	rok
洋裝 yángzhuāng	襯衫 chènshān	T恤 tīxù	裙子 qúnzi

請　問　這　個　蘋　果　怎　麼　賣？/這個　蘋　果
Qǐngwèn zhège　píngguǒ zěnme　mài? /Zhège píngguǒ
多　少　錢？
duōshǎo qián?
Maaf, apel ini berapa harganya?

jambu biji	anggur	stroberi	pisang
芭樂 bālè	葡萄 pútáo	草莓 cǎoméi	香蕉 xiāngjiāo

buah ceri	lemon	kiwi	semangka
櫻桃 yīngtáo	檸檬 níngméng	奇異果 qíyìguǒ	西瓜 xīguā

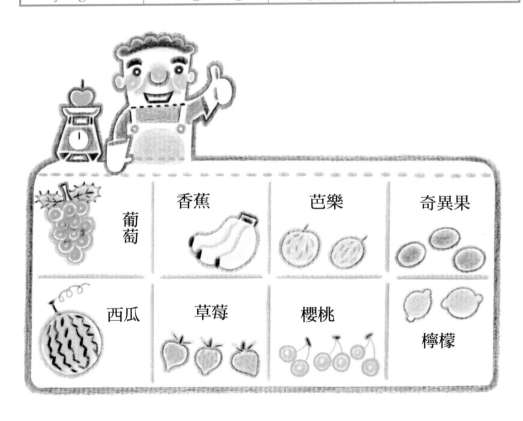

請 問 一杯 紅 茶 多 少 錢？

Qǐngwèn yì bēi hóngchá duōshǎo qián?

Maaf, segelas <u>teh</u> ini berapa harganya ?

kopi	teh hijau	air soda	cola cola
咖啡	綠茶	汽 水	可樂
kāfēi	lǜchá	qìshuǐ	kělè

請 問 一個 三 明 治 多 少 錢？

Qǐngwèn yí ge sānmíngzhì duōshǎo qián?

Maaf , sebuah <u>roti lapis isi</u> berapa?

burger	hot dog	roti	bakpao
漢 堡	熱 狗	麵 包	包 子
hànbǎo	règǒu	miànbāo	bāozi

數字
- Shùzì
  Angka

這 個 五十 元。

Zhège wǔshí yuán.

Ini 50 yuan (NTD).

satu	dua	tiga	empat
一	二	三	四
yī	èr	sān	sì

lima	enam	tujuh	delapan
五	六	七	八
wǔ	liù	qī	bā

sembilan	sepuluh	sebelas	dua belas
九 jiǔ	十 shí	十一 shíyī	十二 shíèr

tiga belas	empat belas	dua puluh	tiga puluh
十三 shísān	十四 shísì	二十 èrshí	三十 sānshí

seratus	dua ratus	tiga ratus	seribu
一百 yìbǎi	兩百 liǎngbǎi	三百 sānbǎi	一千 yìqiān

dua ribu	tiga ribu	sepuluh ribu	dua puluh ribu
兩千 liǎngqiān	三千 sānqiān	一萬 yíwàn	兩萬 liǎngwàn

找你三十元。
Zhǎo nǐ sānshí yuán.
Kembalikan (kamu) NT 30.

殺價
● Shājià
Menawar

喔，太貴了。
O, tài guì le.
Oh, terlalu <u>mahal</u>.

murah	setimpal	baik	luar biasa
便宜 piányí	划算 huásuàn	好 hǎo	棒 bàng

請 問 這 個 有 特價 嗎？
Qǐngwèn zhège yǒu tèjià ma?
Maaf, apakah ini ada diskon?

diskon	diskon	penawaran spesial
折 扣 zhékòu	打 折 dǎzhé	特別 優 惠 tèbié yōuhuì

可以 算 我 五 折 嗎？
Kěyǐ suàn wǒ wǔ zhé ma?
Apa bisa berikan saya potongan 50 persen?

diskon 10 persen	diskon 20 persen	setengah harga
九 折 jiǔ zhé	八 折 bā zhé	半 價 bànjià

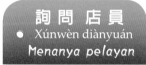

詢 問 店 員
Xúnwèn diànyuán
Menanya pelayan

這 個 有 小 一 點 的 嗎？
Zhège yǒu xiǎo yìdiǎn de ma?
Apakah ini ada ukuran yang lebih kecil?

medium	lebih besar	XL
中 號 zhōng hào	大 一 點 dà yìdiǎn	特大 號 tèdà hào

請 問 有 吸管 嗎？
Qǐngwèn yǒu xīguǎn ma?
Maaf , apakah ada sedotan?

kantong plastik	kantong	sumpit	sendok
塑膠袋 sùjiāodài	袋子 dàizi	筷子 kuàizi	湯匙 tāngchí

付錢
● Fùqián
Membayar

 要 付 現 金 還是 刷 卡？
Yào fù xiànjīn háishì shuā kǎ?
Ingin menggunakan tunai atau kartu kredit?

 能 開 收 據 給 我 嗎？
Néng kāi shōujù gěi wǒ ma?
Bisakah buatkan tanda terima untuk saya?

 這 是 您 的 收 據。
Zhè shì nín de shōujù.
Ini tanda terima anda.

bill / bon	invoice	kartu kredit
帳 單 zhàngdān	發 票 fāpiào	信 用 卡 xìnyòngkǎ

自我 介紹
Zìwǒ jièshào
Memperkenalkan diri sendiri

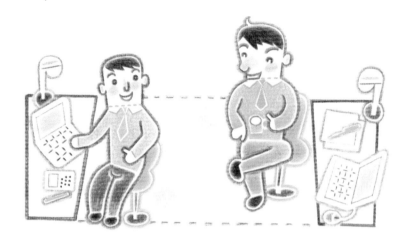

名字
● Míngzi
Nama

 請 問 您 叫 什麼 名字?
Qǐngwèn nín jiào shénme míngzi?
Maaf, nama anda siapa?

 您 好!我 是 馬克。
Nín hǎo! wǒ shì Mǎkè.
Halo! Saya adalah Mark.

 請 問 您 貴 姓?
Qǐngwèn nín guìxìng?
Maaf, apa nama marga anda ?

我 姓 王。

Wǒ xìng Wáng.

Marga saya Wang.

年齡

Niánlíng

Usia

您 今 年 幾 歲？

Nín jīnnián jǐ suì?

Berapakah usia anda?

我 今 年 十八 歲。

Wǒ jīnnián shíbā suì.

Tahun ini saya delapan belas tahun.

lima	dua puluh	tiga puluh empat	lima puluh
五	二 十	三 十 四	五 十
wǔ	èrshí	sānshísì	wǔshí

職業

Zhíyè

Perkerjaan

請 問 您 的 工 作 是 什麼？

Qǐngwèn nín de gōngzuò shì shénme?

Maaf, apakah pekerjaan anda?

我 現 在 是 學 生。

Wǒ xiànzài shì xuéshēng.

Sekarang saya seorang murid.

guru	perwira prajurit	pekerja kantor	perancang
老師	職業軍人	上班族	設計師
lǎoshī	zhíyèjūnrén	shàngbānzú	shèjìshī

Perawat	pelukis	musisi	asisten
護士	畫家	音樂家	助理
hùshì	huàjiā	yīnyuèjiā	zhùlǐ

kasir	sekretaris	Pelayan toko	ibu rumah tangga
收銀員	祕書	店員	家庭主婦
shōuyínyuán	mìshū	diànyuán	jiātíng zhǔfù

wartawan	dokter gigi	model	sales
記者	牙醫	模特兒	推銷員
jìzhě	yáyī	mótèér	tuīxiāoyuán

aktor	aktris	pembawa berita	penyiar
男演員	女演員	新聞主播	廣播員
nányǎnyuán	nǚyǎnyuán	xīnwén zhǔbò	guǎngbòyuán

pemangkas rambut	pengemudi bus	detektif	Insinyur
理髮師	公車司機	偵探	工程師
lǐfàshī	gōngchē sījī	zhēntàn	gōngchéngshī

pemadam kebakaran	satpam	pemandu wisata	hakim
消防員	警衛	導遊	法官
xiāofángyuán	jǐngwèi	dǎoyóu	fǎguān

pengacara	penerjemah	produser	polisi
律師	口譯員	製作人	員警
lǜshī	kǒuyìyuán	zhìzuòrén	yuánjǐng

國籍
Guójí
Kewarganegaraan

請 問 您 是 哪 國 人？
Qǐngwèn nín shì nǎ guó rén?
Maaf, Anda dari negara mana?

請 問 您 從 哪 裡 來？
Qǐngwèn nín cóng nǎlǐ lái?
Anda datang dari mana?

我 是 臺灣 人。
Wǒ shì Táiwānrén.
Saya adalah orang Taiwan.

Orang Amerika	Orang Korea
美 國 人 Měiguórén	韓 國 人 Hánguórén
Orang Singapura	Orang Perancis
新 加 坡 人 Xīnjiāpōrén	法 國 人 Fǎguórén

Orang Inggris	Orang Jerman
英 國 人 Yīngguórén	德 國 人 Déguórén
Orang India	Orang Kanada
印 度 人 Yìndùrén	加 拿 大 人 Jiānádàrén

Orang Italia	Orang Meksiko
義大利人 Yìdàlìrén	墨西哥人 Mòxīgērén
Orang Brasil	Orang Filipina
巴西人 Bāxīrén	菲律賓人 Fēilǜbīnrén

Orang thailand
泰國人 Tàiguórén
Orang Spanyol
西班牙人 Xībānyárén

Orang jepang
日本人 Rìběnrén

請 問 您 住 在 哪 裡？
Qǐngwèn nín zhù zài nǎlǐ?
Maaf, anda tinggal dimana?

我 住 在 臺北。
Wǒ zhù zài Táiběi.
Saya tinggal di Taipei.

Kaohsiung	New York	Tokyo	London
高雄 Gāoxióng	紐約 Niǔyuē	東京 Dōngjīng	倫敦 Lúndūn

017

個性
Gèxìng
Kepribadian

您 的 個性 如何？
Nín de gèxìng rúhé?
Anad memiliki kepribadian tipe apa?

我 是 一個 外 向 的 人。
Wǒ shì yí ge wàixiàng de rén.
Saya seorang yang ramah.

lincah	mudah bergaul	diam	positif
活 潑 的	好 相 處的	安 靜 的	積極的
huópō de	hǎo xiāngchǔ de	ānjìng de	jījí de

請 問 您 主 修 什 麼？
Qǐngwèn nín zhǔxiū shénme?
Maaf, jurusan apakah yang anda pelajari ?

我 主 修機械 工 程。
Wǒ zhǔxiū jīxiè gōngchéng.
Jurusan saya teknik mesin.

kimia	bisnis	perdagangan internasional	kedokteran
化 學	商 業	國際貿易	醫藥
huàxué	shāngyè	guójì màoyì	yīyào

家人
● Jiārén
Keluarga

你 家 有 幾個 人？
Nǐ jiā yǒu jǐ ge rén?
Berapa jumblah anggota keluarga kamu?

我 家 有 四個人。
Wǒ jiā yǒu sì ge rén.
Anggota keluarga saya ada <u>empat</u> orang.

dua orang	tiga orang	lima orang
兩 個 liǎng ge	三 個 sān ge	五 個 wǔ ge

我 的爺爺已經 退休了。
Wǒ de yéye yǐjīng tuìxiū le.
Kakek saya sudah pensiun.

kakek	nenek
外 公 wàigōng	奶 奶 / 外 婆 nǎinai / wàipó

019

他喜歡 泡茶。

Tā xǐhuān pàochá.

Dia suka <u>menyeduh teh</u>.

memanjat gunung	memancing	gerak jalan	menonton pilem
爬山 páshān	釣魚 diàoyú	健行 jiànxíng	看電影 kàn diànyǐng

我的爸爸是醫生。

Wǒ de bàba shì yīshēng.

<u>Ayah</u> saya seorang dokter.

ibu	bibi	paman
媽媽 māma	姑姑 / 阿姨 gūgu / āyí	叔叔 / 伯伯 shúshu / bóbo

我 的 媽媽 是 老師。
Wǒ de māma shì lǎoshī.
Ibu saya seorang guru.

我 的哥哥已 經 畢業了。
Wǒ de gēge yǐjīng bìyè le.
Kakak laki-laki saya sudah/telah tamat sekolah.

kakak perempuan	adik perempuan	adik laki-laki
姊姊 jiějie	妹 妹 mèimei	弟弟 dìdi

我 的 姊姊 單 身。
Wǒ de jiějie dānshēn.
Kakak perempuan saya masih lajang.

menikah	cerai	lajang
結 婚 了 jiéhūn le	離婚 了 líhūn le	未 婚 wèihūn

我 的弟弟是 小 學 生。
Wǒ de dìdi shì xiǎoxuéshēng.
Adik laki-laki saya seorang pelajar sekolah dasar.

pelajar universitas	pelajar sekolah menengah pertama (SMP)	pelajar sekolah menengah atas (SMA)	mahasiswa pascasarjana
大 學 生 dàxuéshēng	國 中 生 guózhōngshēng	高 中 生 gāozhōngshēng	研 究 生 yánjiùshēng

Unit 4

現在幾點？
Xiànzài jǐ diǎn?
Sekarang jam berapa?

問 時間
Wèn shíjiān
Menanyakan waktu

 請 問 現 在 幾 點 ？
Qǐngwèn xiànzài jǐ diǎn?
Maaf,sekarang jam berapa?

 現 在 十 點 了 嗎 ？
Xiànzài shí diǎn le ma?
Apakah sekarang pukul/jam sepuluh?

jam satu	jam dua	3:05 jam tiga lewat lima	jam dua belas tiga puluh menit
一 點 yì diǎn	兩 點 liǎng diǎn	三 點 五 分 sān diǎn wǔ fēn	十二 點 三 十 分/ shíèr diǎn sānshí fēn/ 十二 點 半 shíèr diǎn bàn

現 在 是 上 午 九 點 嗎？
Xiànzài shì shàngwǔ jiǔ diǎn ma?
Apakah sekarang jam 9:00 /sembilan pagi?

jam delapan pagi	jam tiga sore	jam tujuh malam	jam dua subuh
早 上 zǎoshàng 八 點 bā diǎn	下 午 xiàwǔ 三 點 sān diǎn	晚 上 wǎnshàng 七 點 qī diǎn	凌 晨 língchén 兩 點 liǎng diǎn

請 問 你 幾 點 上 班？
Qǐngwèn nǐ jǐ diǎn shàngbān?
Maaf, kamu pergi kerja jam berapa?

pulang kerja	pulang rumah
下 班 xiàbān	回 家 huíjiā

masuk kelas	selesai kelas
上 課 shàngkè	下 課 xiàkè

waktu luang	bangun tidur
有 空 yǒukòng	起 床 qǐchuáng

tidur	makan
睡 覺 shuìjiào	吃飯 chīfàn

 這 會議幾點 開始？
Zhè huìyì jǐ diǎn kāishǐ?
Jam berapa pertemuan ini dimulai?

pilem	acara	pertunjukan
電 影 diànyǐng	節目 jiémù	表 演 biǎoyǎn

約 時間
● Yuē shíjiān
Membuat janji

今 天 四 點 你 可 以 到 我 <u>辦 公 室</u> 來 嗎？
Jīntiān sì diǎn nǐ kěyǐ dào wǒ <u>bàngōngshì</u> lái ma?
Bisakah kamu hari ini jam empat datang ke <u>kantor</u> saya?

rumah	kamar	kelas
家 jiā	房 間 fángjiān	教 室 jiàoshì

你 <u>八 點 四 十 分</u> 有 空 嗎？
Nǐ <u>bā diǎn sìshí fēn</u> yǒukòng ma?
Apakah kamu ada waktu luang jam <u>8:40/delapan empat puluh</u>?

Jam tiga lima belas	setelah sepuluh menit	setelah setengah jam
三 點 十 五 分 sān diǎn shíwǔ fēn	十 分 鐘 後 shí fēnzhōng hòu	半 小 時 後 bàn xiǎoshí hòu

我 訂 好 五 點 要 開 會。
Wǒ dìnghǎo wǔ diǎn yào kāihuì.
Saya sudah pastikan akan rapat jam lima.

我 們 一 點 鐘 約 在 <u>咖啡店</u> 見 面。
Wǒmen yì diǎn zhōng yuē zài <u>kāfēidiàn</u> jiànmiàn.
Jam satu Kita bertemu di <u>café</u>.

026

bandara	lobi	stasiun
飛機場 fēijīchǎng	大廳 dàtīng	車站 chēzhàn

改 時間
- Gǎi shíjiān
- *Pengubahan waktu*

這 時 間 我 不 太 方 便。
Zhè shíjiān wǒ bú tài fāngbiàn.
Waktu ini saya berhalangan.

可以 改 時 間 嗎？
Kěyǐ gǎi shíjiān ma?
Bisakah rubah ke waktu yang lain?

今天 星期幾？
Jīntiān xīngqí jǐ?
Hari ini hari apa?

日期
Rìqí
Tanggal

請 問 今天 星 期 幾？
Qǐngwèn jīntiān xīngqí jǐ?
Maaf, hari ini hari apa?

kemarin	besok	kemarin lusa	besok lusa
昨 天 zuótiān	明 天 míngtiān	前 天 qiántiān	後 天 hòutiān

今 天 星 期一。
Jīntiān xīngqíyī.
Hari ini hari senin.

selasa	rabu	kamis
星 期二	星 期三	星 期四
xīngqíèr	xīngqísān	xīngqísì

jum'at	sabtu	minggu
星 期五	星 期六	星 期日
xīngqíwǔ	xīngqíliù	xīngqírì

請 問 今 天 幾月 幾 號 ?
Qǐngwèn jīntiān jǐ yuè jǐ hào?
Maaf, hari ini bulan apa dan tanggal berapa?

今 天 是 六 月 1 號。
Jīntiān shì liù yuè yī hào.
Hari ini tanggal satu bulan Juni.

Januari	Februari	Maret	April	Mei	Juli
一 月	二 月	三 月	四 月	五 月	七 月
yí yuè	èr yuè	sān yuè	sì yuè	wǔ yuè	qī yuè

Agustus	September	Oktober	November	Desember
八 月	九 月	十 月	十 一 月	十 二 月
bā yuè	jiǔ yuè	shí yuè	shíyī yuè	shíèr yuè

生日
Shēngrì
Ulang tahun

你的　生日是　什麼　時候？
Nǐ de shēngrì shì shénme shíhòu?
Ulang tahun kamu kapan?

我的　生日是　上　星期五。
Wǒ de shēngrì shì shàng xīngqíwǔ.
Jum'at lalu ulang tahun saya.

selasa depan	sabtu depan	minggu lalu
下　星期二	下　星期六	上　星期日
xià xīngqíèr	xià xīngqíliù	shàng xīngqírì

特殊節日
Tèshū jiérì
Hari raya

你今天不用　上課嗎？
Nǐ jīntiān búyòng shàngkè ma?
Apakah kamu tidak masuk sekolah hari ini?

masuk / pergi kerja	lembur	rapat
上　班/工作	加班	開會
shàngbān/gōngzuò	jiābān	kāihuì

今天不用，因為今天（是）星期六。
Jīntiān búyòng, yīnwèi jīntiān (shì) xīngqíliù.
Hari ini tidak ,karena hari ini hari Sabtu.

hari libur nasional	libur kompensasi	liburan	tahun baru
國 定 假日 guódìng jiàrì	補假 bǔjià	休假 xiūjià	新 年 xīnnián

tahun baru imlek
農 曆 春 節 nónglì chūnjié

festival bulan
中 秋 節 zhōngqiūjié

hari ganda sepuluh (kemerdekaan Taiwan)
雙 十 節 shuāngshíjié

hari natal
聖 誕 節 shèngdànjié

我 們 公 司 週 休 二 日。

Wǒmen gōngsī zhōu xiū èr rì.

Perusahaan kami setiap minggu libur dua hari.

sekolah	pabrik
學 校 xuéxiào	工 廠 gōngchǎng

約會
- Yuēhuì
- *Membuat janji*

明 天 我 們 一起 <u>吃午飯</u>，好 嗎？
Míngtiān wǒmen yìqǐ <u>chī wǔfàn</u>, hǎo ma?
Besok kita <u>makan siang</u> bagaimana?

makan pagi	makan malam	makan sepuas nya	minum kopi
吃 早 餐 chī zǎocān	吃 晚 餐 chī wǎncān	吃 自助 餐 chī zìzhùcān	喝 咖啡 hē kāfēi

nonton pilem	pergi memanjat gunung	pergi belanja	pergi ke pusat perbelanjaan
看 電 影 kàn diànyǐng	去 爬 山 qù páshān	去 逛 街 qù guàngjiē	去 百 貨 公 司 qù bǎihuògōngsī

明 天 我 沒 空，星 期 五 可 以 嗎？
Míngtiān wǒ méikòng, xīngqíwǔ kěyǐ ma?
Besok saya tidak sempat, Bagaimana dengan jumat?

下 星 期 任 何 時 間 都 可 以。
Xià xīngqí rènhé shíjiān dōu kěyǐ.
Minggu depan kapanpun boleh.

沒 問 題，你 想 約 在 哪 邊 見 面？
Méi wèntí, nǐ xiǎng yuē zài nǎbiān jiànmiàn?
Tidak apa-apa. Kamu ingin janji bertemu dimana?

太 好 了！我 們 約 在 <u>咖啡 店</u> 見。
Tài hǎo le! Wǒmen yuē zài <u>kāfēidiàn</u> jiàn.
Bagus sekali! Kita bertemu di <u>café</u>.

restoran	stasiun MRT	ruang kelas
餐 廳 cāntīng	捷 運 站 jiéyùn zhàn	教 室 jiàoshì

033

怎麼走？

Zěnme zǒu?

Bagaimana caranya kesana?

搭 公 車
- Dā gōngchē
- *Naik bis umum*

請 問 我 要 在 哪裡搭 公 車？
Qǐngwèn wǒ yào zài nǎlǐ dā gōngchē?
Maaf, saya harus naik <u>bis</u> dari mana ?

taksi	kereta bawah tanah	kereta api
計 程 車 jìchéngchē	捷 運 jiéyùn	火 車 huǒchē

請 問 公 車 站 在 哪裡？
Qǐngwèn gōngchēzhàn zài nǎlǐ?
Maaf, dimanakah tempat pemberhentian bis?

035

公 車 站 在 那 邊。
Gōngchēzhàn zài nàbiān.
Tempat perhentian bis disana.

tempat pemberhentian taxi	stasiun kereta bawah tanah	stasiun kereta api
計 程 車 招 呼 站 jìchéngchē zhāohūzhàn	捷 運 站 jiéyùnzhàn	火 車 站 huǒchēzhàn

 我 要 去 板 橋，請 問 我 該 搭 哪 一 班 公 車？
Wǒ yào qù Bǎnqiáo, qǐngwèn wǒ gāi dā nǎ yì bān gōngchē?
Saya ingin pergi ke Banqiao. Maaf, saya harus naik bis yang mana?

stasiun Guting	balai kota Taipei	Kaohsiung	Hualien
古 亭 站 Gǔtíngzhàn	臺 北 市 政 府 Táiběi shìzhèngfǔ	高 雄 Gāoxióng	花 蓮 Huālián

 你 可 以 搭 這 班 公 車。
Nǐ kěyǐ dā zhè bān gōngchē.
Kamu bisa nak bis ini.

在公車上
Zài gōngchē shàng
Didalam bis

請 問 這 裡 到 臺 中 要 多 久 ?
Qǐngwèn zhèlǐ dào Táizhōng yào duōjiǔ?
Maaf, berapa lama dari sini ke Taichung?

pusat budaya	musium	Hsinchu	Kenting
文 化 中 心 wénhuà zhōngxīn	博 物 館 bówùguǎn	新 竹 Xīnzhú	墾 丁 Kěndīng

請 問 我 應 該 在 哪 一 站 下 車 ?
Qǐngwèn wǒ yīnggāi zài nǎ yí zhàn xià chē?
Maaf, saya harus turun di pemberhentian yang mana?

到 了我 會 再提醒 你。
Dàole wǒ huì zài tíxǐng nǐ.
Saya akan beritahu kamu saat sampai.

下 一 站 就 到 了。
Xià yí zhàn jiù dào le.
Pemberhentian berikutnya sudah sampai.

搭捷運
● Dā jiéyùn
Naik kereta bawah tanah

請 問 這附近有 捷運 站 嗎？
Qǐngwèn zhè fùjìn yǒu jiéyùnzhàn ma?
Maaf, apakah sekitar sini ada stasiun MRT?

捷運 站 在 對 面。
Jiéyùnzhàn zài duìmiàn.
Stasiun MRT di seberang jalan.

kantor pos	kantor polisi	toko minimarket	bank
郵 局 yóujú	警 察 局 jǐngchájú	便 利 商 店 biànlìshāngdiàn	銀 行 yínháng

kebun binatang	rumah sakit	restoran	taman
動 物 園 dòngwùyuán	醫 院 yīyuàn	餐 廳 cāntīng	公 園 gōngyuán

動 物 園 該 怎麼 走？
Dòngwùyuán gāi zěnme zǒu?
Bagaimana caranya ke kebun binatang?

Jalan Chung Hsiao Timur	Jalan Ren Ai	Jalan He Ping Barat
忠 孝 東 路	仁 愛 路	和 平 西 路
Zhōngxiàodōnglù	Rénàilù	Hépíngxīlù

動 物 園 在 臺 北 市 的 南 邊。

Dòngwùyuán zài Táiběi shì de nánbiān.

Kebun binatang ada di bagian selatan kota Taipei.

timur	utara	barat
東 邊	北 邊	西 邊
dōngbiān	běibiān	xībiān

沿 著 這 條 路 走 到 底，再 左 轉。

Yánzhe zhè tiáo lù zǒu dào dǐ, zài zuǒ zhuǎn.

Ikuti jalan ini sampai akhir, setelah itu belok kiri.

belok kanan	putar balik	naik ke atas	turun ke bawah
右 轉	回 轉	上 樓	下 樓
yòu zhuǎn	huízhuǎn	shàng lóu	xià lóu

往 前 走 大 約 一 百 公 尺，就 會 看 到

Wǎng qián zǒu dàyuē yìbǎi gōngchǐ, jiù huì kàndào

十字路口。

shízìlùkǒu.

Jalan terus kira-kira 100 meter,kamu akan melihat perempatan.

jembatan penyeberangan	penyeberangan bawah tanah	qaris penyeberanqan	lampu merah
天 橋	地 下 道	斑 馬 線	紅 綠 燈
tiānqiáo	dìxiàdào	bānmǎxiàn	hónglǜdēng

過 馬路 之 後，在 第一個 紅綠燈 左 轉。
Guò mǎlù zhīhòu, zài dì-yī ge hónglǜdēng zuǒ zhuǎn.
Setelah menyeberang jalan, belok kiri setelah lampu merah pertama.

ke dua	ke tiga	ke empat	ke lima
第二 個 dì-èr ge	第 三 個 dì-sān ge	第四 個 dì-sì ge	第五 個 dì-wǔ ge

捷運 站 在 飯店 的 隔壁。
Jiéyùnzhàn zài fàndiàn de gébì.
Stasiun MRT di sebelah hotel.

di seberang	di belakang	di depan
對 面 duìmiàn	後 面 hòumiàn	前 面 qiánmiàn

搭 手扶梯 到 二 樓 就 會 看 到 月 臺 了。
Dā shǒufútī dào èr lóu jiù huì kàn dào yuètái le.
Saat naik eskalator ke lantai dua, akan melihat platform.

naik lift	naik / turun tangga
搭 電梯 dā diàntī	走 樓梯 zǒu lóutī

你 可以 搭 車 到 動 物 園 站 下 車。
Nǐ kěyǐ dā chē dào dòngwùyuánzhàn xià chē.
Kamu bisa naik MRT dan turun di Stasiun Kebun Binatang.

stasiun bis Taipei	stasiun Danshui	stasiun Ximen	stasiun terminal akhir
臺北車站 Táiběichēzhàn	淡 水 站 Dànshuǐzhàn	西門 站 Xīménzhàn	終 點 站 zhōngdiǎnzhàn

從 捷 運 三 號 出 口 出 來 就 到 了。
Cóng jiéyùn sān hào chūkǒu chūlái jiù dào le.
Keluar dari pintu keluar nomor 3 MRT kamu akan tiba.

搭 計 程 車
- Dā jīchéngchē
  Naik taksi

您 好，我 要 去 機 場。
Nín hǎo, wǒ yào qù jīchǎng.
Maaf, saya mau ke bandara.

前 面 閃 黃 燈 處 請 左 轉。
Qiánmiàn shǎn huángdēng chù qǐng zuǒ zhuǎn.
Tolong belok kiri di tempat lampu kuning berkedip.

perempatan	tikungan	depan gang
路 口 lùkǒu	轉 角 zhuǎnjiǎo	巷 口 xiàngkǒu

請 你 開 慢 一 點，我 不 趕 時 間。

Qǐng nǐ kāi màn yìdiǎn, wǒ bù gǎn shíjiān.

Tolong pelan sedikit, saya tidak sedang buru-buru.

這 裡 停 就 行 了，謝 謝！

Zhèlǐ tíng jiù xíng le,   xièxie!

Bisa berhenti disini, terima kasih!

道 謝
● Dàoxiè
Berterima kasih

謝 謝 您 的 幫 忙。

Xièxie nín de bāngmáng.

Terima kasih atas bantuan anda.

不 客 氣。祝 您 有 美 好 的 一 天。

Búkèqì,   zhù nín yǒu měihǎo de yì tiān.

Jangan sungkan. Semoga anda mendapatkan hari yang menyenangkan.

餐廳

Cāntīng

Restoran

訂 位
Dìngwèi
Reservasi

我 要 訂 位。
Wǒ yào dìngwèi.
Saya mau reservasi.

你 們 有 幾 位?
Nǐmen yǒu jǐ wèi?
Untuk berapa orang?

我 們 有 三 個 人。
Wǒmen yǒu sān ge rén.
Kami tiga orang.

什 麼 時 候？
Shénme shíhòu?
Jam berapa?

 今 晚 七 點。
Jīnwǎn qī diǎn.
Malam ini jam tujuh.

 請 問 是 什 麼 名 字？
Qǐngwèn shì shénme míngzi?
Maaf, atas nama siapa?

 您 的 電 話 是？
Nín de diànhuà shì?
Nomor telepon anda adalah?

 我 的 電 話 是0911123456。
Wǒ de diànhuà shì 0911123456.
Nomor telepon saya adalah 0911123456.

我 們 有 訂 位 了。
Wǒmen yǒu dìngwèi le.
Kita sudah ada reservasi.

餐廳內
Cāntīng nèi
Di restoran

這 邊 請。
Zhèbiān qǐng.
Silakan, disini.

這 是 您 的 座 位。
Zhè shì nín de zuòwèi.
Ini meja anda.

我 可 以 坐 這 位 置 嗎?
Wǒ kěyǐ zuò zhè wèizhì ma?
Apakah saya boleh duduk ditempat ini?

我 可 以 坐 這 裡 嗎?
Wǒ kěyǐ zuò zhèlǐ ma?
Bolekah saya duduk disini?

點 餐
Diǎn cān
Memesan

你 最 喜 歡 吃 什 麼?
Nǐ zuì xǐhuān chī shénme?
Apa makanan favorit kamu?

我 想 吃 當 地 的 食 物。

Wǒ xiǎng chī dāngdì de shíwù.

Saya ingin makan makanan lokal.

我 想 吃 中 式 料理。

Wǒ xiǎng chī zhōngshì liàolǐ.

Saya ingin makan makanan chinese.

makanan korea	makanan jepang	makanan thai
韓 式	日式	泰式
hánshì	rìshì	tàishì

makanan perancis	makanan barat	makanan itali
法式	西式	義式
fǎshì	xīshì	yìshì

您 好，我 想 點 餐。

Nín hǎo, wǒ xiǎng diǎncān.

Maaf, saya ingin memesan.

這 是 我 們 的 菜 單。

Zhè shì wǒmen de càidān.

Ini menu kami.

有 什 麼 建 議 的 菜色 嗎？

Yǒu shénme jiànyì de càisè ma?

Apakah ada yang dapat direkomendasikan?

還 需 要 其他 的 嗎？

Hái xūyào qítā de ma?

Apakah ada yang lain yang anda butuhkan?

大概 要 等 多久？

Dàgài yào děng duōjiǔ?

Kira-kira perlu tunggu berapa lama?

用 餐 愉 快。

Yòngcān yúkuài.

Silakan menikmati.

這 不 是 我 點 的 食物。

Zhè búshì wǒ diǎn de shíwù.

Ini bukan yang saya pesan.

開胃菜
● Kāiwèicài
Makanan pembuka

你 要 哪 道 前 菜？

Nǐ yào nǎ dào qiáncài?

Kamu mau makanan pembuka yang mana?

我 想 要 沙拉。

Wǒ xiǎngyào shālā.

Saya ingin selada

Cumi goreng	onion ring
酥 炸 花 枝 圈 sūzhá huāzhīquān	洋 蔥 磚 yángcōngzhuān

047

nachos	chicken fingers
焗薄餅 júbóbǐng	炸雞柳棒 zhá jīliǔbàng

需要其他的嗎？
Xūyào qítā de ma?
Apakah ada yang lain yang anda butuhkan?

內用還是外帶？
Nèiyòng hái shi wàidài?
Untuk makan disini atau dibawa?

主餐
● Zhǔcān
Makanan utama

我們有牛肉麵。
Wǒmen yǒu niúròumiàn.
Kami ada mie sapi.

nasi bakut	swikiao rebus	sashimi	sup miso
排骨飯 páigǔfàn	水餃 shuǐjiǎo	生魚片 shēngyúpiàn	味噌湯 wèicēngtāng

foie gras	steak sapi	spageti	Bibimbap
鵝肝醬 égānjiàng	牛排 niúpái	義大利麵 yìdàlìmiàn	韓式拌飯 hánshì bànfàn

nasi keju seafood	ham- burger	bagel klub	roti lapis isi klub
海 鮮 焗 飯 hǎixiānjúfàn	漢 堡 hànbǎo	總 匯 貝 果 zǒnghuì bèiguǒ	總 匯 三 明 治 zǒnghuì sānmíngzhì

nasi kukus keju dengan saus krim labu	roti lapis isi kapal selam amerika
奶 油 南 瓜 燉 飯 nǎiyóu nánguā dùnfàn	美 式 潛 艇 堡 měishì qiántǐngbǎo

有 供 應 素 食 嗎 ？
Yǒu gōngyìng sùshí ma?
Apakah ada menu vegetarian?

我 喜 歡 這 道 菜 。
Wǒ xǐhuān zhè dào cài.
Saya suka sayur ini.

想 到 就 餓 了 。
Xiǎngdào jiù è le.
Memikirkannya membuat saya lapar.

飲 料
Yǐnliào
Minuman

需 要 喝 的 嗎 ？
Xūyào hē de ma?
Apakah anda ingin memesan minuman?

您 的 飲 料 要 大 杯 的 還 是 小 杯 的 ？
Nín de yǐnliào yào dà bēi de háishì xiǎo bēi de?
Anda ingin minuman gelas besar atau kecil?

您 要 冰 的、溫 的 還是 熱 的？
Nín yào bīng de, wēn de, háishì rè de?
Apakah anda ingin yang dingin, hangat atau panas?

我 想 要 喝 水。
Wǒ xiǎngyào hē shuǐ.
Saya ingin minum air putih.

kola	jus	teh susu	teh merah
可樂	果汁	奶茶	紅茶
kělè	guǒzhī	nǎichá	hóngchá

kopi	cappuccino	latte	minuman
咖啡	卡布奇諾	拿鐵	飲料
kāfēi	kǎbùqínuò	nátiě	yǐnliào

bir	arak anggur	sampanye	wiski
啤酒	葡萄酒	香檳	威士忌
píjiǔ	pútáojiǔ	xiāngbīn	wēishìjì

需要 再 一杯 水 嗎？
Xūyào zài yì bēi shuǐ ma?
Apakah anda ingin segelas air lagi?

甜 點
• Tiándiǎn
Makanan penutup

甜 點 有 哪 幾 種？
Tiándiǎn yǒu nǎ jǐ zhǒng?
Ada berapa macam makanan penutup?

我 們 有 巧克力蛋糕。
Wǒmen yǒu qiǎokèlì dàngāo.

Kami mau kue coklat.

kue tarcis buah	pai ceri	puding karamel	tiramisu
水 果 塔	櫻 桃 派	焦 糖 布 丁	提拉米蘇
shuǐguǒtǎ	yīngtáopài	jiāotángbùdīng	tílāmǐsū

es serut stoberi	puff krim	mangga susu	es krim vanila
草 莓	奶 油	芒 果	香 草
cǎoméi	nǎiyóu	mángguǒ	xiāngcǎo
冰 沙	泡 芙	奶 酪	冰 淇淋
bīngshā	pàofú	nǎiluò	bīngqílín

味 道
Wèidào
Rasa

這 道 菜 太辣了。
Zhè dào cài tài là le.
Makanan ini terlalu pedas.

manis	asam	pahit
甜	酸	苦
tián	suān	kǔ

panas	Dingin	Asin
燙	冷	鹹
tàng	lěng	xián

這 很 好 吃。
Zhè hěn hǎo chī.
Ini sangat enak.

這 食 物 很 美 味。
Zhè shíwù hěn měiwèi.
Makanan ini rasanya enak sekali.

用 餐
● Yòng cān
Perilaku meja

可以把 鹽 傳 給 我 嗎？
Kěyǐ bǎ <u>yán</u> chuán gěi wǒ ma?
Bisakah kamu berikan saya <u>garam</u> itu?

lada	Roti	air	sumpit
胡椒	麵 包	水	筷 子
hújiāo	miànbāo	shuǐ	kuàizi

garpu	Sendok	pisau	sedotan
叉子	湯 匙	刀 子	吸管
chāzi	tāngchí	dāozi	xīguǎn

我 吃 飽 了。
Wǒ chībǎo le.
Saya sudah kenyang.

你 還 餓 嗎？
Nǐ hái è ma?
Apakah kamu masih lapar?

結 帳
● Jié zhàng
Membayar

請 問 要 如何 付 款？
Qǐngwèn yào rúhé fùkuǎn?
Maaf, cara pembayaran apa yang ingin anda lakukan?

現 金 還是 刷 卡？
Xiànjīn háishì shuā kǎ?
Tunai atau kartu kredit?

我 們 想 分開 付 帳。
Wǒmen xiǎng fēnkāi fùzhàng.
Kami ingin bayar terpisah.

這 是 找 您 的 零 錢。
Zhè shì zhǎo nín de língqián.
Ini adalah kembalian anda.

我 生 病 了

Wǒ shēngbìng le

Saya sakit

不 舒服
● Bù shūfú
Tidak enak badan

你 哪裡 不 舒服？
Nǐ nǎlǐ bù shūfú?
Bagian mana yang anda rasa tidak enak?

我 頭 痛。
Wǒ <u>tóu</u> tòng.
Saya <u>sakit kepala</u>.

mata	kuping	gigi	hidung
眼 睛 yǎnjīng	耳 朵 ěrduo	牙 齒 yáchǐ	鼻 子 bízi

leher	pundak	lengan	tangan
脖子	肩膀	手臂	手
bózi	jiānbǎng	shǒubì	shǒu

jari	dada	perut	pinggang
手指	胸口	肚子	腰部
shǒuzhǐ	xiōngkǒu	dùzi	yāobù

bokong	paha	lutut	kaki
臀部	腿	膝蓋	腳
túnbù	tuǐ	xīgài	jiǎo

我的腳踝扭傷了。
Wǒ de jiǎohuái niǔshāng le.
Pergelangan kaki saya terkilir.

tergores	terkilir	bengkak	memar
擦傷	扭傷	腫起來	瘀青
cāshāng	niǔshāng	zhǒngqǐlái	yūqīng

我生病了。
Wǒ shēngbìng le.
Saya sakit.

醫院
● Yīyuàn
Rumah sakit

你需要去醫院嗎？
Nǐ xūyào qù yīyuàn ma?
Apakah kamu perlu pergi ke rumah sakit?

klinik	pusat kesehatan
診 所 zhěnsuǒ	健 康 中 心 jiànkāng zhōngxīn

klinik	pusat kesehatan
診 所 zhěnsuǒ	健 康 中 心 jiànkāng zhōngxīn

掛號
● Guàhào
Registerasi

08 單元八 我生病了

我 想 要 掛 號。
Wǒ xiǎngyào guàhào.
Saya ingin registerasi.

imunisasi	pemeriksaan kesehataan	menjenguk pasien	menebus obat
打 預 防 針 dǎ yùfángzhēn	健 康 檢 查 jiànkāng jiǎnchá	探 望 病 人 tànwàng bìngrén	領 藥 lǐngyào

請 問 你 要 看 什麼 科?
Qǐngwèn nǐ yào kàn shénme kē?
Bagian spesial apa yang anda ingin periksa?

你 有 什麼 病 史 嗎?
Nǐ yǒu shénme bìngshǐ ma?
Anda ada riwayat medis apa?

我 要 看 家 庭 醫 學 科。
Wǒ yào kàn jiātíngyīxuékē.
Saya ingin periksa Departemen pengobatan keluaraga.

spesialis tulang	dokter umum	spesialis kulit	dokter gigi
骨科 gǔkē	一 般 外 科 yìbānwàikē	皮 膚 科 pífūkē	牙科 yákē

pediatrik	kebidanan dan ginekologi	rehabilitasi	dokter (ahli) mata
小兒科 xiǎoérkē	婦產科 fùchǎnkē	復健科 fùjiànkē	眼科 yǎnkē

症　狀
● Zhèngzhuàng
Gejala

我 有 發燒。/ 我 發燒 了。
Wǒ yǒu fāshāo. / Wǒ fāshāo le.
Saya demam.

ingusan	hidung tersumbat
流鼻水 liúbíshuǐ	鼻塞 bísāi

batuk	sakit tenggorokan
咳嗽 késòu	喉嚨痛 hóulóngtòng

bersin	alergi
打噴嚏 dǎpēntì	過敏 guòmǐn

gigi berlubang	diare
蛀牙 zhùyá	拉肚子 lādùzi

指示
Zhǐshì
Instruksi dokter

要 多久才 會 好？
Yào duōjiǔ cái huì hǎo?
Perlu waktu berapa lama untuk pemulihan?

這些 藥 有 副作 用 嗎？
Zhèxiē yào yǒu fùzuòyòng ma?
Apakah obat ini ada efek samping?

請 吃 清 淡 的 食物。
Qǐng chī qīngdàn de shíwù.
Harap makan makanan yang ringan (jangan makan makanan berat).

不要 吃刺激性的 食 物。
Búyào chī cìjīxìng de shíwù.
Jangan makan makanan yang membuat perut irritasi (pedas).

yang dingin	yang panas	yang asam	yang asin
冰 的	燙 的	酸 的	鹹 的
bīng de	tàng de	suān de	xián de

別 忘 了按時 吃藥。
Bié wàngle ànshí chīyào.
Jangan lupa makan obat tepat waktu.

這個 藥要 睡前 吃。
Zhège yào yào shuìqián chī.
Obat ini harus di minum sebelum tidur.

perut kosong	setelah makan	dengan air
空 腹 kōngfù	飯 後 fàn hòu	配 水 pèishuǐ

這個藥一天 吃一次。

Zhège yào yì tiān chī yí cì.

Makan obat ini sehari sekali.

setiap tiga jam	tiga jam kemudian
每 三 小 時 měi sān xiǎoshí	三 小 時 後 sān xiǎoshí hòu

多 喝 水 ，多 休 息 。

Duō hēshuǐ, duō xiūxí.

Banyak Minum air ,istirahat yang cukup.

早日 康 復 ！

Zǎorì kāngfù!

Semoga lekas pulih!

寄信、打電話

Jì xìn、 dǎ diànhuà

Mengirim surat、menelpon

書面信件
● Shūmiàn xìnjiàn
Surat menyurat

我 想 買 郵票。

Wǒ xiǎng mǎi yóupiào.

Saya mau membeli perangko.

amplop	surat	kartu pos
信 封 xìnfēng	信 紙 xìnzhǐ	明 信 片 míngxìnpiàn

您 要 寄去哪裡？

Nín yào jì qù nǎlǐ?

Ingin dikirim kemana?

我 想 寄包裹 到 臺北。
Wǒ xiǎng jì bāoguǒ dào Táiběi.
Saya ingin kirim paket ke Taipei.

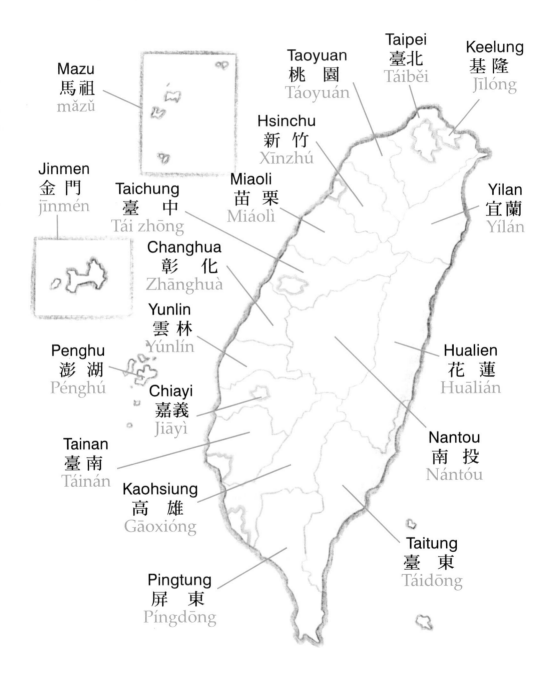

Mazu
馬祖
mǎzǔ

Jinmen
金門
jīnmén

Taoyuan
桃園
Táoyuán

Taipei
臺北
Táiběi

Keelung
基隆
Jīlóng

Hsinchu
新竹
Xīnzhú

Taichung
臺中
Tái zhōng

Miaoli
苗栗
Miáolì

Yilan
宜蘭
Yílán

Changhua
彰化
Zhānghuà

Yunlin
雲林
Yúnlín

Hualien
花蓮
Huālián

Penghu
澎湖
Pénghú

Chiayi
嘉義
Jiāyì

Tainan
臺南
Táinán

Nantou
南投
Nántóu

Kaohsiung
高雄
Gāoxióng

Taitung
臺東
Táidōng

Pingtung
屏東
Píngdōng

您 要 寄 平 信 嗎？
Nín yào jì píng xìn ma?
Apakah anda ingin kirim pengiriman biasa?

surat kilat khusus	surat terdafter	kilat	surat udara
限 時 專 送	掛 號 信	快 遞	航 空 郵 件
xiànshí zhuānsòng	guàhàoxìn	kuàidì	hángkōng yóujiàn

請 問 郵 資 多 少？
Qǐngwèn yóuzī duōshǎo?
Maa, berapa biaya pengirimannya?

您 的 包 裹 一 公 斤 重。
Nín de bāoguǒ yì gōngjīn zhòng.
Paket anda beratnya 1 kilogram.

gram	ons	pon
克	盎 司	磅
kè	àngsī	bàng

我 想 要 領 包 裹。
Wǒ xiǎngyào lǐng bāoguǒ.
Saya ingin mengambil paket.

您 帶 了 收 件 單 嗎？
Nín dàile shōujiàndān ma?
Apakah anda membawa tanda penerima?

surat-surat	cap	kartu identifikasi	paspor
證 件	印 章	身 分 證	護 照
zhèngjiàn	yìnzhāng	shēnfènzhèng	hùzhào

電子郵件
● Diànzǐ yóujiàn
E-Mail

請 輸入 帳 號。
Qǐng shūrù zhànghào.
Silakan masukan akun anda.

kata sandi	penerima	subyek	isi
密 碼	收 件 者	主 旨	內 容
mìmǎ	shōujiànzhě	zhǔzhǐ	nèiróng

可以 給我 您 的 電子信 箱　嗎？
Kěyǐ gěi wǒ nín de diànzǐ xìnxiāng ma?
Dapatkah anda berikan saya e-mail anda?

我 每 天 都 收 電子郵 件。
Wǒ měitiān dōu shōu diànzǐ yóujiàn.
Saya setiap hari mengecek email saya.

電 話
● Diànhuà
Telepon

您 家裡 電 話 幾 號？
Nín jiālǐ diànhuà jǐ hào?
Berapa nomor telepon rumah anda?

您 的 手機 是 多 少？
Nín de shǒujī shì duōshǎo?
Berapa nomor telepon selular (telepon genggam) anda?

064

喂！請 問 您 找 誰？

Wéi! Qǐngwèn nín zhǎo shéi?

Halo, maaf anda ingin berbicara dengan siapa?

喂！請 問 瑪莉在家嗎？

Wéi! Qǐngwèn mǎlì zài jiā ma?

Halo! Apakah Mary dirumah?

您 好！我 想 找 瑪莉。

Nín hǎo, wǒ xiǎng zhǎo mǎlì.

(Apa kabar !) Bisa saya berbicara dengan Mary?

喂！請 問 哪裡找？

Wéi! Qǐngwèn nǎlǐ zhǎo?

Halo, dengan siapa saya berbicara?

她不在家。

Tā bú zài jiā.

Dia tidak dirumah.

她什 麼 時候 會 回來？

Tā shénme shíhòu huì huílái?

Kapan dia akan kembali?

她大約 晚 上 8 點 回來。

Tā dàyuē wǎnshàng bā diǎn huílái.

Dia akan kembali jam delapan.

這裡是 2345-7890，對 吧？

Zhèlǐ shì 2345-7890, duì ba?

Apakah betul ini 2345-7890?

請　等一下，我　幫　您　轉　接。

Qǐng děng yí xià,　wǒ bāng nín zhuǎnjiē.

Harap tunggu sebentar,saya sambungkan.

您　方　便　說　話　嗎？

Nín fāngbiàn shuōhuà ma?

Apakah anda leluasa untuk berbicara?

您　可　以　晚　一　點　再　打　來　嗎？

Nín kěyǐ wǎn yìdiǎn zài dǎlái ma?

Apakah anda dapat telepon kembali sebentar lagi?

你　需　要　她　回　電　嗎？

Nǐ xūyào tā huí diàn ma?

Apakah mau dia telepon kamu kembali?

你　想　要　留　言　嗎？

Nǐ xiǎngyào liúyán ma?

Apakah kamu mau meninggalkan pesan?

我　可　以　留　言　嗎？

Wǒ kěyǐ liúyán ma?

Bolehkah saya meninggalkan pesan?

抱　歉，我　這　麼　晚　才　回　覆　你。

Bàoqiàn,　wǒ zhème wǎn cái huífù nǐ.

Maaf atas keterlambatan balasannya.

我　剛　才　寄　了　一　封　簡　訊　給　你。

Wǒ gāngcái jì le yì fēng jiǎnxùn gěi nǐ.

你　收　到　了　嗎？

Nǐ shōudào le ma?

Saya baru saja mengirim sebuah pesan untuk kamu, apakah kamu sudah menerimanya?

066

祝福語
Zhùfúyǔ
Kata ucapan

一般用祝福語
- Yìbānyòng zhùfúyǔ
Kata ucapan yang sering digunakan

我 祝福你 萬事如意。
Wǒ zhùfú nǐ wànshìrúyì.
Saya harap semua berjalan lancar.

希望你美夢 成 真。
Xīwàng nǐ měimèngchéngzhēn.
Semoga semua keinginan tercapai.

吉星 高照。
Jíxīnggāozhào.
Semoga bintang keberuntung bercahaya ditahun ini.

祝 你 好 運。

Zhù nǐ hǎoyùn.

Semoga beruntung.

事事 順 心。

Shìshìshùnxīn.

Semoga segala berjalan sesuai kehendakmu.

笑 口 常 開。

Xiàokǒuchángkāi.

Semoga canda tawa memenuhi harimu.

愛情
Àiqíng
Cinta

祝 你們 白頭偕老。

Zhù nǐmen báitóuxiélǎo.

Semoga kalian sampai kakek nenek.

祝 你們 永 浴愛河。

Zhù nǐmen yǒngyùàihé.

Semoga kalian selalu berada di sungai cinta.

情 人 節 快 樂。

Qíngrénjié kuàilè.

Selamat hari valentine (tanda kasih).

有 情 人 終 成 眷 屬。

Yǒuqíngrén zhōngchéng juànshǔ.

Jodoh tidak akan lari kemana.

你 們 真 是 天 作 之 合！

Nǐmen zhēn shì tiānzuòzhīhé!

Kalian sungguh-sungguh pasang yang sangat cocok!

生日
● Shēngrì
Ulang tahun

祝 你 生 日 快 樂！

Zhù nǐ shēngrì kuàilè!

Selamat ulang tahun!

願 你 健 康 長 壽。

Yuàn nǐ jiànkāng chángshòu.

Semoga sehat dan panjang umur.

祝 你 永 遠 快 樂。

Zhù nǐ yǒngyuǎn kuàilè.

Semoga selalu bahagia.

祝 你 多 福 多 壽。

Zhù nǐ duōfúduōshòu.

Semoga banyak rejeki dan panjang umur.

祝 您 福 如 東 海，

Zhù nǐ fú rú dōnghǎi,

壽 比 南 山！

shòu bǐ Nánshān!

Semoga banyak beruntung dan berumur panjang.

069

學業和事業
- Xuéyè hé shìyè
Sekolah dan pekerjaan

祝 你 學業 進步。
Zhù nǐ xuéyè jìnbù.
Semoga belajar kamu maju.

祝 你 金 榜 題 名。
Zhù nǐ jīnbǎngtímíng.
Semoga kamu sukses dan tersohor.

祝 你 步步 高 升。
Zhù nǐ bùbùgāoshēng.
Semoga kamu maju dan sukses terus.

祝 你 馬 到 成 功。
Zhù nǐ mǎ dào chéng gōng.
Semoga kamu dapat segera berhasil.

祝 你 脫 穎 而 出。
Zhù nǐ tuōyǐng'érchū.
Semoga kamu beda dari yang lain.

祝 你 生 意 興 隆。
Zhù nǐ shēngyìxīnglóng.
Semoga bisnis kamu beruntung dan sukses.

祝 你 鴻 圖大 展。
Zhù nǐ hóngtúdàzhǎn.
Semoga sukses semua rencana dimasa depan kamu.

祝 你 鵬 程 萬里。
Zhù nǐ péngchéngwànlǐ.
Semoga masa depan kamu cerah dan sukses.

新年
Xīnnián
Tahun baru

新 年　快 樂。
Xīnnián kuàilè.
Selamat tahun baru.

恭　賀 新禧！
Gōnghèxīnxǐ!
Selamat tahun baru!

恭　喜發財！
Gōngxǐfācái!
Semoga kamu beruntung!

祝　你 大吉大利。
Zhù nǐ dàjídàlì.
Semoga kamu beruntung.

祝　你 年　年　有 餘。
Zhù nǐ niánniányǒuyú.
Semoga kamu berkelimpahan.

祝　你 歲 歲 平 安。
Zhù nǐ suìsuìpíngān.
Semoga kamu selamat.

願　你 有 個吉 祥　快 樂的一 年！
Yuàn nǐ yǒu ge jíxiáng kuàilè de yì nián!
Semoga kamu beruntung di tahun yang akan datang!

其他節日
● Qítā jiérì
Hari raya lainnya

祝你中秋節快樂!
Zhù nǐ zhōngqiūjié kuàilè
Selamat hari kue bulan!

Hari bakcang
端午節 Duānwǔjié

Hari Cheng Beng
清明節 Qīngmíngjié

Bulan hantu	Capgomeh
中元節 Zhōngyuánjié	元宵節 Yuánxiāojié

Hari Anak	Hari Wanita
兒童節 Értóngjié	婦女節 Fùnǚjié

Hari Guru	Hari Ibu	Hari Ayah	Hari Natal
教師節 Jiàoshījié	母親節 Mǔqīnjié	父親節 Fùqīnjié	耶誕節 Yēdànjié

072

生詞總表
Kosakata

A

ānjìng de　安靜的　sepi

àngsī　盎司　ons

B

bàba　爸爸　ayah

bā diǎn sìshí fēn　八點四十分　jam delapan empat puluh menit

Bāxīrén　巴西人　orang brasil

bā　八　delapan

bā yuè　八月　agustus

bā zhé　八折　diskon dua puluh persen

bāibāi　拜拜　selamat tinggal

bàngōngshì　辦公室　kantor

bànjià　半價　setengah harga

bānmǎxiàn　斑馬線　garis penyeberangan

Bǎnqiáo　板橋　Banqiao

bàn xiǎoshí hòu　半小時後　setelah setengah jam

bàng　棒　hebat

bàng　磅　pon

bāozi　包子　bakpao

běibiān　北邊　bagian utara

bísāi　鼻塞　hidung tersumbat

bízi　鼻子　hidung

biànlì shāngdiàn　便利商店　toko minimarket

biǎoyǎn　表演　pertunjukan

bīng de　冰的　dingin

bówùguǎn　博物館　musium

bózi　脖子　leher

bǔjià　補假　libur kompensasi

bú tài hǎo　不太好　tidak begitu baik

C

cāshāng　擦傷　luka tergores

cāntīng　餐廳　restoran

cǎoméi bīngshā　草莓冰沙　es serut stroberi

chāzi　叉子　garpu

chēzhàn　車站　stasiun

chènshān　襯衫　kemeja

Chén　陳　marga

Chen chīfàn　吃飯　makan (nasi)

chī zǎocān　吃早餐　makan pagi

chī wǔfàn　吃午飯　makan siang

chī wǎncān　吃晚餐　makan malam

chī zìzhùcān　吃自助餐　makan sepuasnya

cìjīxìng de　刺激性的　pedas

D

dā diàntī　搭電梯　naik lift

dǎ pēntì　打噴嚏　bersin

dā shǒufútī　搭手扶梯　naik eskalator

dàtīng　大廳　lobi

dàxuéshēng　大學生　murid kuliah/universitas

dà yìdiǎn　大一點　lebih besar

dǎ yùfángzhēn　打預防針　suntik imunisasi

dǎzhé　打折　diskon

dàizi　袋子　tas /kantong

dānshēn　單身　bujang/lajang

Dànshuǐzhàn　淡水站　stasiun

Danshui dǎoyóu　導遊　pemandu wisata

dāozi　刀子　pisau

Déguórén　德國人　orang jerman

dìdi　弟弟　adik laki-laki

dìxiàdào　地下道　penyeberangan bawah tanah

diànyǐng　電影　pilem

diànyuán　店員　pelayan toko

diàoyú　釣魚　memancing

dì-yī ge　第一個　pertama

dì-èr ge　第二個　ke-dua

dì-sān ge　第三　ke-tiga

dì-sì ge　第四個　ke-empat

dì-wǔ ge　第五個　ke-lima

dōngbiān　東邊　bagian timur

Dōngjīng　東京　Tokyo

dòngwùyuán　動物園　kebun binatang

Dòngwùyuánzhàn　動物園站　stasiun
　kebun binatang Taipei

dùzi　肚子　perut

Duānwǔjié　端午節　hari bakcang

duìbùqǐ　對不起　maaf

duìmiàn　對面　seberang dari

E

égānjiàng　鵝肝醬　foie gras (hati
　angsa)

ěrduo　耳朵　telinga

èrshí　二十　dua puluh

értóngjié　兒童節　hari anak

èr　二　dua

èr yuè　二月　februari

F

fǎguān　法官　hakim

Fǎguórén　法國人　orang perancis

fāpiào　發票　faktur

fāshāo　發燒　demam

fǎshì　法式　makanan perancis

fàn hòu　飯後　setelah makan

fángjiān　房間　kamar

fēijīchǎng　飛機場　bandara

Fēilùbīnrén　菲律賓人　orang filipina

fùchǎnkē　婦產科　bagian kebidanan
　dan ginekologi

fùjiànkē　復健科　bagian rehabilitasi

fùnǚjié　婦女節　hari wanita

Fùqīnjié　父親節　hari ayah

G

gāoxìng　高興　senang

Gāoxióng　高雄　Kaohsiung

gāozhōngshēng　高中生　murid SMA

gébì　隔壁　sebelah

gēge　哥哥　kakak laki-laki

gōngchǎng　工廠　pabrik

gōngchē sījī　公車司機　pengemudi bis

gōngchē　公車　bis

Gōngchēzhàn　公車站　pemberhentian
　bis

gōngchéngshī　工程師　insinyur

gōngjīn　公斤　kilogram

gōngsī　公司　perusahaan

gōngyuán　公園　taman

gōngzuò　工作　pekerjaan

gūgu / āyí　姑姑 / 阿姨　bibi

gǔkē　骨科　dokter bagian tulang

Gǔtíngzhàn　古亭站　stasiun Guting

guàhào　掛號　registerasi (mengambil
　nomor)

guàhàoxìn　掛號信　surat terdaftar

guǎngbōyuán　廣播員　penyiar (radio)

guì　貴　mahal

guódìng jiàrì　國定假日　libur nasional

guójì màoyì　國際貿易　perdagangan
　internasional / luar negeri

guòmǐn　過敏　alergi

guǒzhī　果汁　jus

guózhōngshēng　國中生　murid smp

H

hǎixiānjúfàn　海鮮焗飯　nasi keju
　seafood

hànbǎo　漢堡　hamburger (roti daging
　burger)

Hánguórén　韓國人　orang Korea

hánshì bànfàn　韓式拌飯　bibimbap (nasi
　campur korea)

hánshì　韓式　makanan Korea

hángkōng yóujiàn　航空郵件　surat udara

hǎo xiāngchǔ de　好相處的　mudah bergaul dengan orang lain

hǎo　好　baik/bagus

hē kāfēi　喝咖啡　minum kopi

Hépíngxīlù　和平西路　jalan He Ping barat

hěn hǎo　很好　sangat baik/bagus

hóngchá　紅茶　teh hitam/ merah

hónglǜdēng　紅綠燈　lampu merah

hóulóngtòng　喉嚨痛　sakit tenggorokan

hòumiàn　後面　belakang

hòutiān　後天　besok lusa

hújiāo　胡椒　lada

hùshì　護士　perawat (suster)

hùzhào　護照　paspor

huàjiā　畫家　pelukis

Huālián　花蓮　Hualien

huásuàn　划算　setimpal/layak

huàxué　化學　ilmu kimia

huíjiā　回家　pulang kerumah

huìyì　會議　rapat

huízhuǎn　迴轉　putar balik

huǒchē　火車　kereta api

huǒchēzhàn　火車站　stasiun kereta api

huópō de　活潑的　lincah/riang

J

jìchéngchē　計程車　taksi

jìchéngchē zhāohūzhàn　計程車招呼站　pemberhentian taksi

jījí de　積極的　yang positif

jīxiè gōngchéng　機械工程　teknik mesin

jìzhě　記者　wartawan/jurnalis

jiābān　加班　lembur (kerja lembur)

jiákè　夾克　jaket

Jiānádàrén　加拿大人　orang kanada

jiārén　家人　keluarga

jiātíngyīxuékē　家庭醫學科　bagian pengobatan keluarga

jiātíng zhǔfù　家庭主婦　ibu rumah tangga

jiā　家　rumah

jiàqí　假期　libur/liburan

jiānbǎng　肩膀　bahu/pundak

jiànkāng jiǎnchá　健康檢查　pemeriksaan kesehatan

jiànkāngzhōngxīn　健康中心　pusat kesehatan

jiànxíng　健行　gerak jalan

Jiàoshījié　教師節　hari guru

jiàoshì　教室　kelas

jiāotángbùdīng　焦糖布丁　pudding karamel

jiǎo　腳　kaki

jiéhūn le　結婚了　sudah menikah/ berkeluarga

jiějie　姊姊　kakak perempuan

jiémù　節目　acara/program

jiéyùn　捷運　kereta bawah tanah

jiéyùnzhàn　捷運站　stasiun kereta bawah tanah

jīntiān　今天　hari ini

jǐngchájú　警察局　kantor polisi

jǐngwèi　警衛　penjaga keamanan

jiǔ　九　nine sembilan

jiǔ yuè　九月　September

jiǔ zhé　九折　diskon sepuluh persen

júbóbǐng　焗薄餅　nachos

jǔsàng　沮喪　gundah/muram/depresi

K

kǎbùqínuò　卡布奇諾　cappuccino

kāfēi　咖啡　kopi

kāfēidiàn　咖啡店　kedai kopi/kafe

kāihuì　開會　rapat/pertemuan

kāixīn　開心　senang

kàn diànyǐng　看電影　menonton pilem

kělè　可樂　kola

késòu　咳嗽　batuk

kè　克　gram

Kěndīng　墾丁　Kenting

kōngfù　空腹　perut kosong

kǒuyìyuán　口譯員　penerjemah

kùzi　褲子　celana

kǔ　苦　pahit

kuàidì　快遞　kilat (paket)

kuàilè　快樂　gembira

kuàizi　筷子　sumpit

L

lādùzi　拉肚子　diare

là　辣　pedas

lǎoshī　老師　guru

lěng　冷　dingin

lǐfǎshī　理髮師　pemangkas rambut

líhūn le　離婚了　cerai

Lǐ　李　marga Li

liǎngbǎi　兩百　dua ratus

liǎng diǎn　兩點　jam dua

liǎng ge　兩個　dua

liǎngqiān　兩千　dua ribu

liǎngwàn　兩萬　dua puluh ribu

Lín　林　marga Lin

língchén liǎng diǎn　凌晨兩點　jam dua subuh

lǐngyào　領藥　menebus obat

liúbíshuǐ　流鼻水　ingusan/hidung meler

liù　六　enam

liù yuè　六月　Juni

lǜchá　綠茶　teh hijau

lùkǒu　路口　mulut jalan/persimpangan

lǜshī　律師　pengacara

Lúndūn　倫敦　London

M

māma　媽媽　ibu

mángguǒ nǎiluò　芒果奶酪　susu mangga

Měiguórén　美國人　orang amerika

mèimei　妹妹　adik perempuan

měi sān xiǎoshí　每三小時　setiap tiga jam

měishì qiántǐngbǎo　美式潛艇堡　roti lapis kapal selam amerika

mìmǎ　密碼　kata sandi

mìshū　秘書　sekretaris

miànbāo　麵包　roti

míngtiān　明天　besok

míngxìnpiàn　明信片　kartu pos

mótèér　模特兒　peragawati/model

Mòxīgērén　墨西哥人　orang meksiko

Mǔqīnjié　母親節　hari ibu

N

nàge　那個　yang itu

nátiě　拿鐵　kopi latte

nà wèi xiānshēng　那位先生　tuan itu

nà wèi xiānshēng de　那位先生的　kepunyaan tuan itu

nǎichá　奶茶　teh susu

nǎinai / wàipó　奶奶/外婆　nenek

nǎiyóu nánguā dùnfàn　奶油南瓜燉飯　nasi keju kukus dengan saus krim labu

nǎiyóu pàofú　奶油泡芙　puff krim

nánbiān　南邊　bagian selatan

nánguò　難過　sedih

nányǎnyuán　男演員　aktor/pemeran pria

nèiróng　內容　isi

nǐ de　你的　kamu punya

nǐmen de　你們的　kalian punya

nǐmen　你們　kalian

nǐ　你　kamu

nín de　您的　anda punya

nín　您　anda

niúpái　牛排　bistik

niúròumiàn　牛肉麵　mie sapi

niǔshāng　扭傷　terkilir

Niǔyuē　紐約　New York

nónglì chūnjié　農曆春節　tahun baru
　imlek

nǔyǎnyuán　女演員　aktris/pemeran
　wanita

P

páshān　爬山　mendaki/memanjat
　gunung

páigǔfàn　排骨飯　nasi bakut / iga

pàochá　泡茶　menyeduh teh

pèishuǐ　配水　dengan air

pífūkē　皮膚科　(dokter) bagian kulit

píjiǔ　啤酒　bir

piányí　便宜　murah

píngguǒ　蘋果　apel

ping xìn　平信　pengiriman (surat) biasa

pútáojiǔ　葡萄酒　arak anggur

Q

qǐchuáng　起床　bangun tidur

qìshuǐ　汽水　air soda

qī　七　tujuh

qī yuè　七月　Juli

qīzǐ　妻子　istri

qiánmiàn　前面　depan

qiántiān　前天　kemarin lusa

qiǎokèlì dàngāo　巧克力蛋糕　kue coklat

Qīngmíngjié　清明節　Hari chengbeng

qǐng　請　tolong/silakan

qǐngwèn　請問　permisi/maaf

qù bǎihuògōngsī　去百貨公司　pergi ke
　pusat perbelanjaan

qù guàngjiē　去逛街　pergi belanja

qù páshān　去爬山　pergi mendaki
　gunung

qúnzi　裙子　rok

R

règǒu　熱狗　hotdog (roti sosis)

Rén'àilù　仁愛路　jalan Ren Ai

Rìběnrén　日本人　orang jepang

rìshì　日式　makanan Jepang

S

sānbǎi　三百　tiga ratus

sān diǎn shíwǔ fēn　三點十五分　jam tiga
　lima belas menit

sān diǎn wǔ fēn　三點五分　jam tiga
　lewat limat menit

sān ge　三個　tiga

sānmíngzhì　三明治　roti lapis isi

sānqiān　三千　tiga ribu

sānshísì　三十四　tiga puluh empat

sānshí　三十　tiga puluh

sān xiǎoshí hòu　三小時後　tiga jam
　kemudian

sān yuè　三月　maret

sān　三　tiga

shālā　沙拉　selada

shǎn huángdēng chù　閃黃燈處　tempat
　lampu kuning berkedip

shàngbānzú　上班族　pekerja kantor

shàngbān　上班　pergi kerja

shàngbān/gōngzuò　上班／工作　pergi
　kerja/ bekerja

shàngkè　上課　pergi ke kelas/ ke
　sekolah

shàng lóu　上樓　(naik) keatas

shàngwǔ jiǔ diǎn　上午九點　jam
　Sembilan pagi

shāngxīn　傷心　sakit hati

shàng xīngqírì　上星期日　hari minggu

lalu

shàng xīngqíwǔ　上星期五　jumat lalu

shāngyè　商業　bisnis/dagang

shèjìshī　設計師　perancang

shēnfènzhèng　身分證　kartu identitas

shèngdànjié　聖誕節　hari natal

shēngqì　生氣　marah

shēngyúpiàn　生魚片　sashimi (daging ikan mentah segar)

shíbā　十八　delapan belas

shí diǎn　十點　jam sepuluh

shíèr diǎn sānshí fēn/shíèr diǎn bàn　十二點三十分/十二點半　jam dua belas lewat tiga puluh menit/ setengah satu

shíèr　十二　dua belas

shíèr yuè　十二月　Desember

shí fēnzhōng hòu　十分鐘後　setelah sepuluh menit

shísān　十三　tiga belas

shísì　十四　empat belas

shíyī　十一　sebelas

shíyī yuè　十一月　Nopember

shí　十　sepuluh

shí yuè　十月　Oktober

shízìlùkǒu　十字路口　perempatan/ persimpangan

shǒubì　手臂　lengan

shōujiàndān　收件單　tanda penerima

shōujiànzhě　收件者　penerima

shōujù　收據　kwitansi

shōuyínyuán　收銀員　kasir

shǒu　手　tangan

shǒuzhǐ　手指　jari

shūfú　舒服　nyaman

shúshu / bóbo　叔叔/伯伯　paman

shuāngshíjié　雙十節　hari ganda sepuluh

shuǐguǒtǎ　水果塔　kue tarcis buah

shuǐjiǎo　水餃　swikiao/pangsit

shuìjiào　睡覺　tidur

shuìqián　睡前　sebelum tidur

shuǐ　水　air

sì　四　empat

sì ge　四個　4

sì yuè　四月　April

sùjiāodài　塑膠袋　kantong plastik

sūzhá huāzhīquān　酥炸花枝圈　cumi goreng

suān de　酸的　(yang)asam

suān　酸　asam

T

tā de　他的　dia (laki-laki) punya

tā de　她的　dia (perempuan) punya

tāmen de　他們的　mereka punya

tāmen　他們　mereka/kalian

tā　他　dia (laki-laki)

tā　她　dia (perempuan)

Táiběichēzhàn　台北車站　stasiun utama Taipei

Táiběi shìzhèngfǔ　台北市政府　balai kota Taipei

Táiběi　台北　Taipei

Tàiguórén　泰國人　orang

Thailand tàishì　泰式　makanan Thai

Táiwānrén　台灣人　orang Taiwan

Tái zhōng　台中　Taichung

tànwàng bìngrén　探望病人　menjenguk orang sakit

tāngchí　湯匙　sendok

tàng　燙　panas

tàng de　燙的　(yang) panas

tèbié yōuhuì　特別優惠　penawaran spesial

tèdà hào　特大號　(ukuran) XL

tèjià　特價　diskon

tílāmǐsū　提拉米蘇　tiramisu

tīxù　T恤　kaos

tiānqiáo 天橋 jembatan penyeberangan

tián 甜 manis

tóu 頭 kepala

tuīxiāoyuán 推銷員 penjual barang/ sales

tuǐ 腿 kaki

túnbù 臀部 bokong/pantat

W

wàigōng 外公 kakek

wàixiàng de 外向的 ramah

wǎnshàng qī diǎn 晚上七點 jam tujuh malam

wànshì-rúyì 萬事如意 semoga segala keinginan tercapai

wǎn'ān 晚安 selamat malam

Wáng 王 marga Wang

wèihūn 未婚 lajang/bujang

wēishìjì 威士忌 wiski

wèicēngtāng 味噌湯 sup miso

wénhuàzhōngxīn 文化中心 pusat budaya

wǒ de 我的 saya punya

wǒmen de 我們的 kami punya

wǒmen 我們 kami

wǒ 我 saya

wǔān 午安 selamat siang

wǔ ge 五個 lima

wǔshí 五十 lima puluh

wǔ yuè 五月 Mei

wǔ zhé 五折 diskon lima puluh persen

wǔ 五 lima

X

Xībānyárén 西班牙人 orang spanyol

xībiān 西邊 bagian barat

xīgài 膝蓋 lutut

xīguǎn 吸管 sedotan

Xīménzhàn 西門站 stasiun

Ximen xīshì 西式 makanan barat

xiàbān 下班 pulang kerja

xiàkè 下課 selesai kelas/ pulang sekolah

xià lóu 下樓 turun ke bawah

xiàwǔ jiàn 下午見 sampai jumpa sore ini

xiàwǔ sān diǎn 下午三點 jam tiga sore

xià xīngqíèr 下星期二 selasa depan

Xià xīngqíliù 下星期六 sabtu depan

xián de 鹹的 (yang) asin

xiānshēng 先生 suami

xiànshí zhuānsòng 限時專送 surat kilat khusus

xián 鹹 asin

xiāngbīn 香檳 sampanye

xiāngcǎo bīngqílín 香草冰淇淋 es krim vanila

xiàngkǒu 巷口 gang

xiǎoérkē 小兒科 dokter anak (pediatrik)

xiāofángyuán 消防員 anggota pemadam kebakaran

xiǎoxuéshēng 小學生 murid sd

xiǎo yìdiǎn 小一點 lebih kecil

xièxie 謝謝 terima kasih

xiézi 鞋子 sepatu

xìnfēng 信封 amplop

Xīnjiāpōrén 新加坡人 orang singapura

xīnnián 新年 tahun baru (masehi)

xīnwén zhǔbò 新聞主播 pembawa berita

xìnyòngkǎ 信用卡 kartu kredit

xìnzhǐ 信紙 kertas surat

Xīnzhú 新竹 Hsinchu

xīngfèn 興奮 bergairah/terengah

xīngqíyī 星期一 senin

xīngqíèr 星期二 selasa

xīngqísān 星期三 rabu
xīngqísì 星期四 kamis
xīngqíwǔ 星期五 jumat
xīngqíliù 星期六 sabtu
xīngqírì 星期日 minggu
xīngqíyī jiàn 星期一見 sampai jumpa
  senin depan
xiōngkǒu 胸口 dada
xiūjià 休假 vacation
xuéshēng 學生 murid
xuéxiào 學校 sekolah

Y

yáchǐ 牙齒 gigi
yákē 牙科 bagian gigi
yáyī 牙醫 dokter gigi
yǎnjīng 眼睛 mata
yánjiùshēng 研究生 murid
  pascasarjana
yǎnkē 眼科 bagian mata
yán 鹽 garam
yángcōngzhuān 洋蔥磚 onion ring (roti
  bawang bombay)
yángzhuāng 洋裝 gaun
Yáng 楊 marga Yang
yāobù 腰部 pinggang/pinggul
Yēdànjié 耶誕節 hari natal
yéye 爺爺 kakek
yìbǎi 一百 seratus
yìbānwàikē 一般外科 dokter umum
yìdàlìmiàn 義大利麵 spageti
Yìdàlìrén 義大利人 orang italia
yì diǎn 一點 jam satu
yǐhòu zài liáo 以後再聊 bicara lagi lain
  kali
yìqiān 一千 seribu
yìshì 義式 makanan Itali
yì tiānyícì 一天一次 satu hari sekali
yíwàn 一萬 sepuluh ribu

yīyào 醫藥 kedokteran/pengobatan
yīyuàn 醫院 rumah sakit
yī 一 satu
yī yuè 一月 Januari
Yìndùrén 印度人 orang India
yínháng 銀行 bank
yǐnliào 飲料 minuman
yīnyuèjiā 音樂家 musisi
yìnzhāng 印章 cap/stempel
Yīngguórén 英國人 orang inggris
yīngtáopài 櫻桃派 pai ceri
yóujú 郵局 kantor pos
yǒukòng 有空 punya waktu senggang
yóupiào 郵票 perangko
yòu zhuǎn 右轉 belok kanan
yúkuài 愉快 riang/gembira
yūqīng 瘀青 (luka)memar
yuánjǐng 員警 petugas polisi
Yuánxiāojié 元宵節 festival lampion
  (capgomeh)

Z

Zàijiàn 再見 sampai jumpa !
zǎo a 早啊 selamat pagi
Zǎoān 早安 selamat pagi
zǎoshàng bā diǎn 早上八點 jam
  delapan pagi
zhá jīliǔbàng 炸雞柳棒 chicken fingers
  / stik ayam (goreng)
zhàngdān 帳單 cek/bon/
zhànghào 帳號 akun
zhège 這個 ini
zhékòu 折扣 diskon
zhè wèi xuéshēng de 這位學生的 murid
  ini punya
zhè wèi xuéshēng 這位學生 murid ini
zhěnsuǒ 診所 klinik
zhēntàn 偵探 detektif
zhèngjiàn 證件 surat

zhíyèjūnrén　職業軍人　perwira prajurit

zhìzuòrén　製作人　produser

zhōngdiǎnzhàn　終點站　stasiun terminal akhir

Zhōngguórén　中國人　orang tiongkok

zhōng hào　中號　(ukuran) sedang

zhǒngqǐlái　腫起來　(mem)bengkak

zhōngqiūjié　中秋節　festival kue bulan

zhōngshì　中式　gaya tiongkok

Zhōngxiàodōnglù　忠孝東路　jalan Chung Hsiao timur

Zhōngyuánjié　中元節　festival hantu

zhùlǐ　助理　asisten

zhùyá　蛀牙　gigi berlubang

zhǔzhǐ　主旨　subyek (pokok)

zhuǎnjiǎo　轉角　tikungan

zǒnghuì bèiguǒ　總匯貝果　bagel klub (roti padat seperti donat)

zǒnghuì sānmíngzhì　總匯三明治　roti isi lapis klub

zǒu lóutī　走樓梯　naik/turun tangga

zuótiān　昨天　kemarin

zuǒ zhuǎn　左轉　belok kiri

Kata benda yang sering digunakan

 常 用 名 詞

12

Chángyòng míngcí

Makanan

食物

Shíwù

roti 麵 包 miànbāo	kue 蛋 糕 dàngāo	permen 糖 果 tángguǒ	coklat 巧 克 力 qiǎokèlì
biskuit 餅 乾 bǐnggān	pangsit / swikiaw 水 餃 shuǐjiǎo	telur 蛋 dàn	burger 漢 堡 hànbǎo
hotdog 熱 狗 règǒu	mie 麵 miàn	pasta / spagetti 義大利麵 yìdàlìmiàn	pai 派 pài
pizza 披 薩 pīsà	daging babi 豬 肉 zhūròu	nasi 飯 fàn	selada 沙 拉 shālā
roti lapis isi 三 明 治 sānmíngzhì	roti lapis isi kapal selam 潛 艇 堡 qiántǐngbǎo	sushi 壽 司 shòusī	tahu 豆 腐 dòufǔ

Buah

水果

Shuǐguǒ

apel 蘋 果 píngguǒ	pisang 香 蕉 xiāngjiāo	bluberi 藍 莓 lánméi	ceri 櫻 桃 yīngtáo
jeruk bali 葡 萄 柚 pútáoyòu	anggur 葡 萄 pútáo	jambu biji 番 石 榴 fānshíliú	jeruk limun 檸 檬 níngméng

mangga	melon	jeruk	pepaya
芒果	香瓜	柳橙	木瓜
mángguǒ	xiāngguā	liǔchéng	mùguā

buah persik	pir	nanas	prem
桃子	西洋梨	鳳梨	梅子
táozi	xīyánglí	fènglí	méizi

jeruk kepruk	belimbing	stoberi / arbei	semangka
橘子	楊桃	草莓	西瓜
júzi	yángtáo	cǎoméi	xīguā

Sekolah

學校
Xuéxiào

AC / pendingin	papan tulis	penghapus papan tulis	ember
冷氣機	黑板	板擦	水桶
lěngqìjī	hēibǎn	bǎncā	shuǐtǒng

papan pengumuman	kapur tulis	ruang kelas	komputer
公布欄	粉筆	教室	電腦
gōngbùlán	fěnbǐ	jiàoshì	diànnǎo

meja tulis	pintu darurat	kipas angin	alat pemadam kebakaran
書桌	逃生門	電扇	滅火器
shūzhuō	táoshēngmén	diànshàn	mièhuǒqì

gedung olahraga	perpustakaan	lampu	telpon publik
體育館	圖書館	日光燈	公用電話
tǐyùguǎn	túshūguǎn	rìguāngdēng	gōngyòngdiànhuà

tempat parkir	kamar kecil	pos satpam	lemari sepatu
停車場	廁所	警衛室	鞋櫃
tíngchēchǎng	cèsuǒ	jǐngwèishì	xiéguì

lapangan olahraga	tombol	tong sampah	papan tulis
操場	開關	垃圾桶	白板
cāochǎng	kāiguān	lèsètǒng	báibǎn

Kendaraan
交通工具
Jiāotōng gōngjù

pesawat	sepeda	sepeda	perahu
飛機	自行車	腳踏車	小船
fēijī	zìxíngchē	jiǎotàchē	xiǎochuán

bis umum	mobil	kapal feri	kapal jet
公共汽車	汽車	渡輪	噴射機
gōnggòngqìchē	qìchē	dùlún	pēnshèjī

sepeda motor	MRT	kapal penumpang	kapal
摩托車	捷運	客輪	船
mótuōchē	jiéyùn	kèlún	chuán

taksi	kereta api	truk	mobil barang
計程車	火車	卡車	貨車
jìchéngchē	huǒchē	kǎchē	huòchē

Alat tulis
文具
Wénjù

pisau seni	pisau	pembatas buku	cairan koreksi
美工刀	刀片	書籤	修正液
měigōngdāo	dāopiàn	shūqiān	xiūzhèngyì

pita koreksi	amplop	karet penghapus	map
立可帶	信封	橡皮擦	檔案夾
lì kě dài	xìnfēng	xiàngpícā	dǎngànjiá

lem	lem batang	tinta	maknit
膠水	口紅膠	墨水	磁鐵
jiāoshuǐ	kǒuhóngjiāo	mòshuǐ	cítiě

pen penanda	kertas memo	buku catatan	kertas catatan
奇異筆	備忘錄	筆記本	便箋
qí yì bǐ	bèiwànglù	bǐ jìběn	biànjiān

kertas surat	klip kertas	pisau kertas	pena
信紙	迴紋針	裁紙刀	鋼筆
xìnzhǐ	huíwénzhēn	cáizhǐdāo	gāngbǐ

pensil	tas pensil	kotak pensil	penyerut pensil
鉛筆	筆袋	鉛筆盒	削鉛筆機
qiānbǐ	bǐdài	qiānbǐhé	xiāoqiān bǐ jī

pin	karet gelang	penggaris	gunting
大頭針	橡皮筋	尺	剪刀
dàtóuzhēn	xiàngpíjīn	chǐ	jiǎndāo

kawat jepret	stepler	tempelan	plester
訂書針	訂書機	貼紙	膠帶
dìngshūzhēn	dìngshūjī	tiēzhǐ	jiāodài

Rumah

Jiā

ruang bawah tanah	kamar mandi	kamar tidur	penggantung baju
地下室	浴室	臥室	衣架
dìxiàshì	yùshì	wòshì	yījià

ruang makan	kabel pemanjang	garasi	dapur
餐廳	延長線	車庫	廚房
cāntīng	yánchángxiàn	chēkù	chúfáng

ruang cuci	ruang tamu	bantal	selimut
洗衣間	客廳	枕頭	棉被
xǐyījiān	kètīng	zhěntou	miánbèi

kamar mandi	sandal	ruang belajar	gudang
淋浴間	拖鞋	書房	儲藏室
línyùjiān	tuōxié	shūfáng	chúcángshì

Perabotan

Jiājù

ranjang	rak buku	permadani	bangku
床	書架	地毯	椅子
chuáng	shūjià	dìtǎn	yǐzi

lemari dingding	alat penghilang lembab	kulkas / lemari es	lampu
衣櫥	除濕機	冰箱	燈
yīchú	chúshījī	bīngxiāng	dēng

kabinet minuman keras	kabinet sepatu	bak cuci	sofa
酒櫃	鞋櫃	水槽	沙發
jiǔguì	xiéguì	shuǐcáo	shāfā

bangku tidak bersandar	meja	lampu meja	televisi
凳子	桌子	檯燈	電視
dèngzi	zhuōzi	táidēng	diànshì

Nama tempat

場所

Chǎngsuǒ

bandara	bank	pemberhentian bis	klinik
機場	銀行	公車站牌	診所
jī chǎng	yínháng	gōngchēzhànpái	zhěnsuǒ

kedai kopi	toko minimarket	toko serba ada	lift
咖啡廳	便利商店	百貨公司	電梯
kāfēitīng	biànlì shāngdiàn	bǎihuògōngsī	diàntī

restoran cepat saji	pelabuhan	lobi / ruang masuk	apotik
速食店	港口	大廳	藥局
sùshídiàn	gǎngkǒu	dàtīng	yàojú

kantor polisi	kantor pos	stasiun kereta api	toilet
警察局	郵局	火車站	盥洗室
jǐngchájú	yóujú	huǒchēzhàn	guànxǐshì

pusat perbelanjaan	trotoar	pencakar langit	toko pangan serba ada
大賣場	人行道	摩天大樓	超級市場
dàmàichǎng	rénxíngdào	mótiāndàlóu	chāojíshìchǎng

Tambahan 1 Kata benda yang sering digunakan

kelelawar 蝙蝠 biānfú	beruang 熊 xióng	lebah 蜜蜂 mìfēng	burung 鳥 niǎo
sapi jantan 公牛 gōngniú	kucing 貓 māo	ayam 小雞 xiǎojī	sapi 母牛 mǔniú
rusa 鹿 lù	anjing 狗 gǒu	bebek / itik 鴨 yā	burung rajawali 老鷹 lǎoyīng
gajah 大象 dàxiàng	ikan 魚 yú	rubah 狐狸 hú lí	jerapah 長頸鹿 chángjǐnglù
angsa 鵝 é	kuda 馬 mǎ	koala 無尾熊 wúwěixióng	macan tutul 豹 bào
singa 獅子 shīzi	monyet 猴 hóu	tikus 鼠 shǔ	burung unta 鴕鳥 tuóniǎo
panda 熊貓 xióngmāo	penguin 企鵝 qìé	babi 豬 zhū	beruang kutub 北極熊 běijíxióng
rakun 浣熊 wǎnxióng	kelinci 兔子 tù zi	ayam jantan 公雞 gōngjī	domba 羊 yáng
ular 蛇 shé	harimau 老虎 lǎohǔ	serigala 狼 láng	kuda zebra 斑馬 bānmǎ

088

Panggilan orang

人稱

Rénchēng

dewasa 成 人 chéngrén	bibi 姑姑/阿姨 gū gu/ā yí	bayi 嬰 兒 yīngér	anak lelaki 男 孩 nánhái
anak-anak 小 孩 xiǎohái	saudara sepupu 表/堂兄弟姊妹 biǎo/ táng xiōngdì jiěmèi	kakak perempuan 姊姊 jiějie	ayah 爸爸 bàba
anak perempuan 女孩 nǚhái	kakek 爺爺 / 外公 yéye / wàigōng	nenek 奶奶 / 外婆 nǎinai / wàipó	pria 男人 nánrén
ibu 媽媽 māma	kakak laki-laki 哥哥 gēge	orang lanjut usia 老 人 lǎorén	remaja 青 少 年 qīngshàonián
paman 叔 叔 /伯伯 shúshu / bóbo	wanita 女人 nǚrén	adik laki-laki 弟弟 dìdi	adik perempuan 妹 妹 mèimei

附錄一　常用名詞

附錄二

Kata sifat yang sering digunakan

常用形容詞

13

Chángyòng xíngróngcí

Bentuk
形狀
Xíngzhuàng

besar	lebar	lingkar / bundar	sedikit
大	寬	圓	少
dà	kuān	yuán	shǎo

rata	panjang	banyak	pendek
平	長	多	短
píng	cháng	duō	duǎn

kecil	kotak	tebal	tipis
小	方	厚	薄
xiǎo	fāng	hòu	bó

Warna
顏色
Yánsè

hitam	krem	biru	coklat
黑色	米色	藍色	褐色
hēisè	mǐsè	lánsè	hésè

hijau muda	gelap	abu	emas
青色	深色	灰色	金色
qīngsè	shēnsè	huīsè	jīnsè

hijau	terang	jingga	merah muda
綠色	淺色	橘色	粉紅色
lùsè	qiǎnsè	jú sè	fěnhóngsè

ungu	merah	perak	putih
紫色	紅色	銀色	白色
zǐ sè	hóngsè	yínsè	báisè

kuning
黃色
huángsè

Penampilan

Wàiguān

cantik
美麗
měilì

bersih
乾淨
gānjìng

imut / lucu
可愛
kě ài

kotor
髒
zāng

gemuk
胖
pàng

tampan
英俊
yīngjùn

tua
年老
niánlǎo

elok/molek
漂亮
piàoliàng

pendek
矮
ǎi

pemalu
害羞
hàixiū

kuat
強壯
qiángzhuàng

ceria/gembira
陽光
yángguāng

manis
甜美
tiánměi

tinggi
高
gāo

kurus
瘦
shòu

jelek
醜
chǒu

lemah
虛弱
xūruò

muda
年輕
niánqīng

Suasana hati

Qíngxù

marah
生氣
shēngqì

bosan
無聊
wúliáo

riang
優閒
yōuxián

gembira
愉快
yúkuài

gundah/muram
消沉
xiāochén

murung
沮喪
jǔsàng

kecewa
失望
shīwàng

putus asa
灰心
huīxīn

kaku/canggung	bergairah	geram/sangat marah	senang
尷尬	興奮	狂怒	高興
gāngà	xīngfèn	kuángnù	gāoxìng

bersedih hati	bahagia	tertarik	bergembira
悲痛	快樂	感興趣	喜悅
bēitòng	kuàilè	gǎn xìngqù	xǐyuè

kesepian	sayu/sedih	santai	sedih
寂寞	憂鬱	輕鬆	悲哀
jí mò	yōuyù	qīngsōng	bēiāi

takut	kaget	capai	khawatir
害怕	驚訝	累	擔心
hàipà	jīngyà	lèi	dānxīn

Perasaan

Gǎnjué

kedinginan	dingin	nyaman	kering
寒冷	冷	舒服	乾燥
hánlěng	lěng	shūfú	gānzào

panas	berisik	sepi/tenang	merasa tak enak
熱	吵鬧	安靜	不舒服
rè	chǎonào	ānjìng	bù shūfú

hangat	basah		
溫暖	濕		
wēnnuǎn	shī		

Keadaan

Zhuàngtài

tertutup	rumit	kosong	cepat
關	複雜	空	快速
guān	fùzá	kōng	kuàisù

penuh

滿

mǎn

keras

硬

yìng

terbuka

開

kāi

mudah

簡單

jiǎndǎn

lambat

緩慢

huǎnmàn

lunak

軟

ruǎn

Arah

Fāngwèi

seberang

對面

duìmiàn

belakang

後方

hòufāng

bagian timur

東邊

dōngbiān

depan

前方

qiánfāng

kiri

左

zuǒ

dekat/sekitar

附近

fùjìn

sebelah

隔壁

gébì

bagian utara

北邊

běibiān

timur laut

東北邊

dōngběibiān

barat laut

西北邊

xīběibiān

diatas

上方

shàngfāng

kanan

右

yòu

bagian selatan

南邊

nánbiān

tenggara

東南邊

dōngnánbiān

barat daya

西南邊

xīˇnánbiān

dibawah

下方

xiàfāng

bagian barat

西邊

xībiān

Kata kerja yang sering digunakan

常用動詞
14
Chángyòng dòngcí

Kata Kerja Statif
狀態動詞
Zhuàngtài dòngcí

marah	bersyukur	terbangun	menanggis
生 氣	感 激	覺 醒	哭
shēngqì	gǎnjī	juéxǐng	kū

hasrat	tidak suka	merasa	lupa
渴望	不喜歡	感覺	忘記
kěwàng	bù xǐhuān	gǎnjué	wàngjì

senang	benci	berharap	gembira
開心	恨	希望	快樂
kāixīn	hèn	xīwàng	kuàilè

tahu	tertawa	suka	sebal
知道	笑	喜歡	討厭
zhīdào	xiào	xǐhuān	tǎoyàn

cinta	rindu	menyesal	tersentuh
愛	想 念	遺憾	感 動
ài	xiǎngniàn	yíhàn	gǎndòng

sedih	terkejut	simpati	putus asa
悲 傷	驚奇	同 情	沮喪
bēishāng	jīngqí	tóngqíng	jǔsàng

Kata Kerja Aktif
動作動詞
Dòngzuò dòngcí

bertanya	mandi	membeli	memanggil
問	洗澡	買	叫
wèn	xǐzǎo	mǎi	jiào

menutup pintu	membersihkan	batuk	menemukan
關 門	清 理	咳 嗽	發 現
guānmén	qīnglǐ	késòu	fāxiàn

mencuci baju	minum air	menyetir	makan
洗衣服	喝 水	開 車	吃
xǐ yīfú	hēshuǐ	kāichē	chī

menyelesaikan	makan	mendengarkan musik	tinggal
完 成	吃飯	聽 音 樂	住
wánchéng	chīfàn	tīng yīnyuè	zhù

melihat	membuka pintu	memainkan	memunggut
看	開 門	表 演	撿
kàn	kāimén	biǎoyǎn	jiǎn

bermain	menarik	mendorong	menaruh
玩	拉	推	放
wán	lā	tuī	fàng

membaca	menerima	lari	berbicara
讀 書	收 到	跑	說
dúshū	shōudào	pǎo	shuō

melihat	menjual	bernyanyi	tidur
看 見	販 賣	唱 歌	睡 覺
kànjiàn	fànmài	chànggē	shuìjiào

bersin	bicara	mematikan lampu	menyalakan lampu
打 噴 嚏	說	關 燈	開 燈
dǎ pēntì	shuō	guāndēng	kāidēng

menonton tivi	mencuci	mencuci muka / mencuci tangan	menulis
看 電 視	洗	洗臉 / 洗手	寫字
kàn diànshì	xǐ	xǐliǎn / xǐshǒu	xiězì

Aksi Binatang

Dòngwù de dòngzuò

menggonggong	menggigit	berkokok	terbang
吠	咬	雞鳴	飛
fèi	yǎo	jīmíng	fēi

lompat	bertelur	mengaum/meraung	mengibas ekor
跳	下蛋	吼	搖尾巴
tiào	xiàdàn	hǒu	yáo wěibā

Aksi di Alam

Dàzìrán de xiànxiàng

angin bertiup	berawan	hujan rintik-rintik	berkabut
刮風	多雲密布	下毛毛雨	起霧
guāfēng	duōyún mìbù	xià máomáoyǔ	qǐ wù

hujan batu es	angin ribut / topan	petir	hujan
下冰雹	刮颶風	閃電	下雨
xià bīngbáo	guā jùfēng	shǎndiàn	xiàyǔ

turun hujan	turun salju	guntur	angin puyuh / taifun
下陣雨	下雪	打雷	刮颱風
xià zhènyǔ	xiàxuě	dǎléi	guā táifēng

Kata Kerja Pengucapan

Biǎo yìyuàn de dòngcí

bisa	dapat	berani	pantas
能	能夠	敢	值得
néng	nénggòu	gǎn	zhídé

mau	tidak mau	harus	butuh/perlu
要	不要	必須	需要
yào	búyào	bìxū	xūyào

harus/mesti	harus	ingin	kemauan/kehendak
應當	應該	想要	願
yīngdāng	yīnggāi	xiǎngyào	yuàn

Note

Note

Note

國家圖書館出版品預行編目資料

300句說華語（印尼語版）／楊琇惠編著；
李良珊翻譯. －－初版.－－臺北市：五南，
2017.1
　面；　公分
ISBN 978-957-11-8879-9（平裝）
1.漢語　2.讀本
802.86　　　　　　　　　　105018599

1X8B 新住民系列

300句說華語（印尼語版）
Berbicara300 kalimat mandarin

編　　著― 楊琇惠（317.4）

譯　　者― 李良珊

發 行 人― 楊榮川

總 編 輯― 王翠華

主　　編― 黃惠娟

責任編輯― 蔡佳伶

校　　對― 周雪伶

封面設計― 陳翰陞

出 版 者― 五南圖書出版股份有限公司

地　　址：106台北市大安區和平東路二段339號4樓

電　　話：(02)2705-5066　傳　　真：(02)2706-6100

網　　址：http://www.wunan.com.tw

電子郵件：wunan@wunan.com.tw

劃撥帳號：19628053

戶　　名：五南圖書出版股份有限公司

法律顧問　林勝安律師事務所　林勝安律師

出版日期　2017年1月初版一刷

定　　價　新臺幣220元